Haruki Murakami

斯普特尼克恋人

SPUTNIK SWEETHEART

ス プ ー ト ニ ク の 恋 人

[日] 村上春树 著
林少华 译

上海译文出版社

图书在版编目（CIP）数据

斯普特尼克恋人 /（日）村上春树著；林少华译．—上海：上海译文出版社，2008.7（2024. 7 重印）
ISBN 978-7-5327-4598-2

Ⅰ.斯… Ⅱ.①村… ②林… Ⅲ.①长篇小说—日本—现代
Ⅳ.①I313.45

中国版本图书馆CIP数据核字（2008）第088520号

斯普特尼克恋人
［日］村上春树　著　林少华　译
责任编辑／沈维藩　装帧设计／千巨万工作室

上海译文出版社有限公司出版、发行
网址：www.yiwen.com.cn
201101　上海市闵行区号景路159弄B座
上海市崇明县裕安印刷厂印刷

开本 890×1240　1/32　印张 7.75　插页 2　字数 109,000
2008年7月第1版　2024年7月第22次印刷
印数：94,601—97,600册

ISBN 978-7-5327-4598-2/I・2596
定价：58.00元

文体与视点："突围"的得失

林少华

《斯普特尼克恋人》是村上春树第九部长篇小说，1999 年由日本有名的大出版社讲谈社出版。在此之前，他有四年基本没写小说。采访东京地铁沙林毒气事件的受害者，据此写了纪实文学作品《地下》（Underground），继而采访该事件制造者奥姆真理教信徒（包括原信徒），写了《地下》的续篇《在约定的场所》。此外出版了同心理学家河合隼雄的对谈集《村上春树去见河合隼雄》，还整理了在普林斯顿大学为研究生上课时的讲稿，以《为了年轻读者的短篇小说导读》为书名出版。同时出版了纪行文学《边境·近境》。也就是说，在写完三卷本《奇鸟行状录》之后的几年时间里，除了收在《列克星敦的幽灵》中的几个短篇，村上没有能够进行小说创作。反过来说，那部用四年时间写成的长篇巨制，几乎耗尽了村上身上所有的小说创作能量，致使他差不多处于弹尽粮绝的状态，只能转而从事"非小说"的写作。

一系列“非小说”作品中，对于村上最重要的莫过于《地下》。在面对面采访六十余名毒气受害者和写作过程中，村上受到了始料未及的震动，促使他就人生意义和伦理道德进行了深度思考，甚至在某种程度上改变了他日后人生的行进方向。至于那种改变究竟多大规模，他当时还说不清楚。因为一切都是在肉眼看不见的深水下进行的，无法用语言客观地将其动向说得一清二楚。村上为此感到焦躁、乖离和困惑。他在为《村上春树全作品 1990—2000》第 2 卷（讲谈社，2003 年）写的“解题”中这样说道：

> 唯其如此，作为我只能最大限度回避将自己体验到的“莫名其妙”（わからなさ）诉诸言语化这一逻辑程序，而将其整个转换为“物语”这一不同的体系，经过一定时间后再作为综合性的tangible（可触知的）的整体形象展示给世界……我需要准备时间，需要时间将它彻底吞进去并有效地加以消化。我隐约觉得大约需要三年时间。
>
> 我就是在这样的阶段想起写《斯普特尼克恋人》这部小说的。也就是说，当时我处于“中间地段”。我很想写小说，在长时间从事非小说写作之后，我的身心迫不及待地要写小说。但那时我清楚知道自己要写的东西可能不会成为综合性的，换言之即贝多芬的“奇数式”作品。因为我还没有为此作好准备。当时我想写的

是能够为自己本身预热的、比较个人化(personal)的“台地式”作品。写这样的作品应该可以调整自己的状态,使得自己投入格局更大的写作。换句话说,那应该可以使我的方向变得更加明确,可以使我沿着那个方向稳稳推进一个刻度。

以上大体是《斯普特尼克恋人》的创作背景。

就故事来说,这是个关于同性恋的故事。斯普特尼克(Sputnik)是20世纪50年代苏联发射的第一颗人造卫星名称,意为“旅伴”、“伴随者”,在这里指同性恋者堇爱恋的敏(敏为英语mew的音译,意为海鸥),即“斯普特尼克恋人”。堇不由分说地爱上了敏,“那完全是一种纪念碑式的爱。而爱恋的对象比她年长十七岁,已婚,且同是女性。一切由此开始,(几乎)一切至此结束”。令人沉思的是,村上为什么在“那样的阶段”或“中间地段”构思了同性恋故事呢?记忆中,村上有三次涉及同性恋题材。第一次是在《挪威的森林》(1987),此为第二次,第三次是在近作短篇集《东京奇谭集》(2005)中的《偶然的旅人》。前者写的是将铃子一点一滴构筑的幸福一瞬间彻底毁掉的那个小女孩,是作为坏孩子写的,尽管她本身也是个令人同情的受害者;后者写的是衣着得体彬彬有礼的四十一岁男钢琴调音师,绝不令人讨厌,毋宁说招人喜欢,使得一位极有魅力的女子见面第二次就主动邀他一起去“安静的地方”。相比之下,《斯普特尼克恋人》中的堇作为同性恋者则情况复杂得多,不幸得多。堇喜欢“我”,“我”也喜欢堇,和她在一起时“我的心因之受到无比温存的抚慰,就像从夜幕下驶过无边荒野的列车窗口望见远处农舍的小小灯火”,然而两人始终未能身心融为一体。“我”当然有强烈需求,但堇对于“我”不怀有性方面的兴趣,以致“我”为了缓解痛苦和回避危险而同其他女性发生肉体关系,甚至包括自己教的班上一个小学生的母亲。另一方面,堇对同为女性的敏怀有“犹如以排山倒海之势掠过无边草原的龙卷风一般迅猛”的真正的爱恋之情,渴望同敏结合在一起。当敏对她表示“不是我拒绝你,但我无能为力”之后,她从希腊一座小岛上消失了,失踪了。简而言之,堇置身于“中间地段”。作为同性恋者,她既不能同身为男性的“我”享受两性之爱,又不能在同为女性的敏身上得到满足。她为之焦躁、困惑,“哪里也去不成”,“哪里也抵达不了”。这样的窘境未尝不是作者当时心境的折射,未尝不是作者想以“综合性的可触知的(tangible)整体形象展示给世界”的境况的雏形。不言而喻,“中间地段”也是过渡地段,意味着转机即将到来,新的一步即将迈出。

实际上村上也在这里迈出了新的一步。最明显的是文体上的变化。关于这一点,村上在前面提到的“解题”中有如下表述:

> 写这本《斯普特尼克恋人》的时候,有一点十分明确:我决意向自己过去一直采用的——换言之,作为武器使用的——某种文体告别。具体说来,我打算告别的是类似小说开篇出现的“比喻的泛滥”那样的东西。决心无论如何也要在《斯普特尼克恋人》中

将自己行文的此类修辞特征来个彻底清仓,把这些货色统统打扫干净,往后再说往后的,往后捣鼓一点文体不同的东西就是。将村上味文章义无反顾地写尽写透,写到往下再不写也无遗憾的地步——老实说,这是一件非常开心的活计。

我为什么下这样的决心呢?说起来话长。但就极为基本的说来,我想那是因为我极其渴望往下以多少不同于自己原有文体的文体进行创作。至少就长篇小说这一容器而言是这样的。为此就要把原有文体中的"突出"部分暂且消除、抛掉。长远看来,我必须把自己的文章转换(shift)为更加简洁、更加中立、更加机动灵活、更加带有普遍性的东西。进一步说,我需要把小说的动力学(dynamics)从文体层面逐渐推进到"物语"层面。

换个说法,《斯普特尼克恋人》在文体上是村上的一个转折点,是他对原有文体举行的告别仪式。不过,这一告别仪式也带有村上式的温情:为了安慰原有文体,他先让它们出尽风头,然后才同其分手另觅新欢。以吃饭打比方,他要把原来喜欢的东西尽情尽兴吃个够,之后才转而琢磨新菜谱。那么,下面就让我们看看村上即将告别的、或者说正在加倍演示的是怎样的文体:

○二十二岁那年春天,堇有生以来第一次陷入恋情。那是一场犹如以排山倒海之势掠过无边草原的龙卷风一般的迅猛的恋情。它片甲不留地摧毁路上一切障碍,又将其接二连三卷上高空,不由分说地撕得粉碎,打得体无完肤。继而势头丝毫不减地吹过汪洋大海,毫不留情地刮倒吴哥窟,烧毁有一群群可怜的老虎的印度森林,随即化为波斯沙漠的沙尘暴,将富有异国情调的城堡都市整个埋进沙地。

〇脑海如冬日夜空般历历分明,北斗七星和北极星在固定位置闪烁其辉。她有许许多多事情要写,有许许多多故事要说。若在哪里捅一个准确无误的出孔,炽热的激情和奇思妙想必定会如岩浆鼓涌而出……

〇天空的蓝和昨天同样一刻又一刻增加其深度。硕大的圆形月亮从海上升起,几颗星星在天幕打孔。

〇不久将天光破晓,新的太阳将如从母亲腋下(右侧还是左侧呢?)出生的佛陀一样从山端蓦然探出脸来。

〇摘下眼镜,那对眼睛如从月球拾来的石子一般冰冷冰冷。眼镜戴回后,冰冷没那么冰冷了,而代之以死水潭般的黏稠。

这样的句子可谓俯拾皆是。尤其第一段,如村上自己所说,确有“比喻的泛滥”之嫌。所谓“告别”,换个角度,也可以说是新的尝试、新的实验。村上在自己的网页上也承认,他是想看看他这部小说在文体上到底能走多远,想“完成一次精彩的突围”,“作为一次风格上的实验,对我而言好比另一部《挪威的森林》”。同时,聪明的村上也想藉此看看读者对他这种文体实验的接受以至忍耐程度。日本文学评论界对此基本毁誉参半,有人认为充满“华丽的比喻”(向井敏),有人认为属于“做作的陈腐的比喻”(清水良典)。中国读者方面,从笔者接得的信上看,相当大一部分人对这种不无炫耀意味的滞涩的文体感到失望,而怀念村上以往灵动、优雅、潇洒、爽净、“酷酷”的风格。当然也有人持不同看法,认为这部小说“语言幽默风趣,生动自然,行文组织得心应手,处处呈现出一派纯熟的大家手笔”(甄芳:《穿越时空的爱情传说》,收于《相约挪威的森林》,华夏出版社 2005年版)。

在我看来,村上这次文体或风格的实验在总体上不能说是成功的,至少不能算是他所追求的“精彩的突围”。作为作家,任何人恐怕都想在文体上破城突围,以期掌握几套笔墨,最好十八般兵器无不得心应手,这当然无可厚非,亦是情理中事。但是,同立意和情节等方面的改变相比,文体的改变大概是难度最大的。在创作的所有元素中,文体大约是最固执最稳定的东西,一旦形成,即使有所改变,也万变不离其宗。村上纵有非凡的文学才情,也很难例外。其志可嘉,而其功难成。尤其在原有文体已为广大读者所熟悉和赏识的情况下,成功的希望就更为渺茫——文学读者相对保守,不喜欢自己熟识的作家忽然变脸,不希望地平线上无端冒出另一个村上春树或村上文本。村上决心“彻底清仓”,读者执意索要“库存”,村上要颠覆,读者要坚守。二者的错位,注定使得这场“突围”无法“精彩”。何况就文体实验本身来说也未必多么可取。特别是开头第一段,浓墨重彩,叠床架屋,比喻泛滥。无论什么,泛滥必然成灾。况且,村上的比喻原本就在似是而非和似非而是之间、在常识和诡异之间走钢丝,稍一走偏就跌落下去,这次就跌下去了。说起来,作为译者刚一动笔就觉出味道不大对头:要惯了方天画戟的村上怎么一下子舞起青龙偃月刀来了?原来擅长用轻骑兵攻其不备,怎么忽然来了个地毯式轰炸?无奈我是译者,无权修检原本,只能硬着头皮跟进。结果不出所料,不少读者有类似感觉,觉得不像村上了,读着读着就"噎"了一下,游着游着就呛了一口,走着走着就绊了一跤。话又说回来,这部小说中也不尽是泛滥成灾的比喻,也有旧日风情,如"一种令人眷恋的亲昵的微笑,仿佛时隔好久从某个抽屉深处掏出来的"、"嘴角漾出仿佛即使对刚形成的冰山都能以心相许的温暖的笑意"、"白光光的月如懂事的孤儿一般不声不响地浮在夜空",等等。毫无疑问,众多读者也和我一样更中意这种俏皮、机智而又不温不火的比喻,给人一种类似乡愁的温馨。但愿村上别再变着法子"突围"了。村上后来又"突围"了几次,如《神的孩子全跳舞》和《天黑以后》,但总的说来都不够"精彩"。大概他自己也觉察到了,在最新的短篇集《东京奇谭集》又绕个弯转了回来,读者随之舒了口气。

相比之下,村上这部小说中进行的另一个尝试——从单视点变为多视点的尝试应该说取得了成功。他在那篇"题解"中这样写道:

> 我在这部作品中所做的另一尝试,是小说视点的移动问题。

> 这部作品有三个主要人物出场:“我”和堇、敏。“我”当然是讲述者。在这个意义上,这个故事一如我过去所写的,仍是第一人称小说。但作为我,这回就像把电影摄影机向后拉一样将“我”的视点拉往后侧,使得“我”和堇、敏三人的视点几乎对等地、时而各自独立时而相互交织地发挥作用——我想写这样的小说。如同《了不起的盖茨比》中的卡拉维,“我”尽管是仔细观察故事的有血有肉的讲述者,但《斯普特尼克恋人》总体上并非他的故事。视点随着故事的推进而实时(real time)移动。其结果,可以复合地、动态地观察世界。我追求的就是如此结构的故事。在这种技术性(technical)领域尝试挑战也是我开始写这部作品时设定的目标之一。

概括起来,村上在这里想写成远距离多视点全景摄影式小说。不错,他以前的小说基本是以男主人公“我”(Boku)之单一视点或视角观察世界、把握周围各种人和事的关系的,读者的视线受“我”单向度的牵引。离开了“我”,其他人物就难以存在,小说世界就无以成立。哈佛大学教授杰·鲁宾(Jay Rubin)敏锐地看出了这一点:“二十年来,使用这种朋友般亲切的第一人称方式讲述故事一直是村上春树叙事策略的中心环节。……在村上春树绝大多数叙述者为‘我’的作品中,唯一存在的‘个性’就是‘我’本人,他的领悟力一直令我们着迷。其余人物只是他心灵的映射。一个村上春树的故事的焦点就是‘我’的一段奇遇或经历;一部村上春树的小说通常会提供很多这样的‘节点’,而不在于探索某个人物的个性或展开某种结构紧密的情节”(《倾听村上春树——村上春树的艺术世界》,冯涛译,上海译文出版社,2006 年。原题“Haruki Murakami and the Music of Words”)。而现在,就像厌倦了原来不无“小资”情调的文体,村上对原来的单视点结构也不耐烦起来,决心破城突围,由单视点变为多视点,由独角戏变为三角戏。平心而论,相对于文体,这项突围行动则容易为读者所接受,也是成功的。毕竟三人唱戏比一人唱戏要热闹许多,也暗合了罗素所说那句话:幸福的本源是参差多态。在这里,我们的确看到了三人对等交叉的视线扫描出的更为驳杂繁复的世界场景,或者说看到了三条视线令人眼花缭乱的落点:过去的“我”、现在的“我”;过去的堇、现在的堇、梦中的堇、失踪后的堇;过去的敏、现在的敏、此侧世界的敏、彼侧世界的敏……诚然,村上此前的小说也不乏这样的视线落点甚至更多,但那相对说来归“我”一人所有,而这里则大体由三人平分秋色,几乎没有主从之分、高低之别。而且如大跨度推拉镜头,忽近忽远,忽上忽下,忽左忽右,快速切换,制造出一组组各自为政而又有机融合的蒙太奇。我们后来看到,类似手法在《天黑以后》(2004 年)得到了愈发淋漓尽致而又扑朔迷离的展示,在给我们以耳目一新之感的同时,又多少使人觉得头晕目眩。适应也罢不适应也罢,这就是村上春树。在文学世界里,莫如说村上一开始就是个调皮的孩子,对一切怀有强烈的好奇心,喜欢花样翻新,不满足于自我复制,尽管客观上有时很难避免。

最后,看一下村上对其作品中一以贯之的孤独情境借助人造卫星“斯普特尼克”进行的并非一以贯之的表述也应该是饶有兴味的:

〇自那以来,堇便在心里将敏称为“斯普特尼克恋人”。堇喜爱这句话的韵味。这使她想起莱卡狗,想起悄然划开宇宙黑暗的人造卫星,想起从小小的窗口向外窥看的狗的一对黑亮黑亮的眸子。在那茫无边际的宇宙式孤独中,狗究竟在看什么呢?

〇那时我懂得了:我们尽管是再合适不过的旅伴,但归根结蒂仍不过是描绘各自轨迹的两个孤独的金属块儿。远看如流星一般美丽,而实际上我们不外乎被幽禁在里面的、哪里也去不了的囚徒。

〇我闭上眼睛,竖起耳朵,推想将地球引力作为唯一纽带持续划过天空的斯普特尼克后裔们。它们作为孤独的金属块在畅通无阻的宇宙黑暗中偶然相遇、失之交臂、永离永别,无交流的话语,无相期的承诺。

更耐人寻味的是,小说的结尾同《挪威的森林》竟那样相似:

“现在在哪里?”

“我现在在哪里?……”

——我们不知道自己在哪里，更不知道自己去哪里，我们就这样活着。或许这就是孤独的本源和本质。

2007 年 5 月 9 日于窥海斋

时青岛绿肥红瘦雨过天青

［附白］值此新版付梓之际，依责任编辑沈维藩先生的建议，新写了这篇“个序”代替原来的“总序”，旨在为深度阅读进一步提供若干背景资料，介绍较新的有关见解，也谈了译者个人一点点肤浅的思考。欢迎读者朋友继续不吝赐教，来信请寄：266100 青岛市崂山区松岭路 238 号中国海洋大学外国语学院。

[斯普特尼克]

1957年10月4日,苏联从哈萨克拜科努尔宇航基地发射了世界上第一颗人造地球卫星斯普特尼克[①]1号。直径58厘米,重83.6公斤,每96分12秒绕地球一周。

同年11月3日又成功发射了载有莱卡狗[②]的斯普特尼克2号。卫星未能回收,莱卡狗作为遨游太空的第一个生命体,成了宇宙生物研究的牺牲品。

(据讲谈社《编年体世界通史》)

①俄语 СПУТНИК 的音译，意为“旅伴”——译者注。下同。
②一种北地猎狗。

1

二十二岁那年春天，堇有生以来第一次坠入恋情。那是一场犹如以排山倒海之势掠过无边草原的龙卷风一般的迅猛的恋情。它片甲不留地摧毁路上一切障碍，又将其接二连三卷上高空，不由分说地撕得粉碎，打得体无完肤。继而势头丝毫不减地吹过汪洋大海，毫不留情地刮倒吴哥窟，烧毁有一群群可怜的老虎的印度森林，随即化为波斯沙漠的沙尘暴，将富有异国情调的城堡都市整个埋进沙地。那完全是一种纪念碑式的爱。而爱恋的对象比她年长十七岁，已婚，且同是女性。一切由此开始，（几乎）一切至此告终。

堇当时正为当职业作家而殊死拼搏。世界上无论有多少人生选择，自己也只有当小说家一条路可走。这一决心如千年岩石一般坚不可摧，没有任何妥协余地。她这一存在同文学信念之间，简直是间不容发。

从神奈川县的公立高中毕业后，堇进入东京都一所小而整洁的私立大学学文艺专业。但无论怎么看那所大学都不适合她。她打心眼里对那所大学感到失望：缺乏冒险精神、做事优柔寡断、学而不能致用（当然是对她而言）。身边的学生大半是平庸无聊得无可救药的二级品（老实说，我也是其中一员）。这样，堇没等上三年级便果断地申请退学，消失在校园门外。她认定再学下去纯属浪费时间。我也颇有同感，但以凡庸的概论言之，我们不健全的人生，甚至浪费也是多少需要的。若将所有的浪费从人生中一笔勾销，连不健全都无从谈起。

一言以蔽之，她是一个彻头彻尾的空想主义者，一个执迷不悟的嘲讽派，一个——说得好听一点——不谙世事的傻瓜。一旦开口便滔滔不绝，而若面对与自己脾性不合之人（即构成人世的大多数人），则三言两语都懒得敷衍。烟吸得过多，乘电车必定弄丢车票。只要开始思考什么，吃饭都忘在一边。瘦得活像以往意大利电影中出现的战乱孤儿，光是眼珠骨碌碌转个不停。较之用语言形容，若手头有一张照片就方便了，遗憾的是一张也没有。她对照相算是深恶痛绝，不抱有将"年轻艺术家的肖像"传与后世的愿望。假如存有一张堇当时的照片，如今无疑会成为人所能具有的某种特质的宝贵记录。

把话说回来，堇为之坠入恋情的女性的名字叫"敏"，大家都用这个爱称叫她，不知其原名（由于不知其原名，日后我多少陷入窘境，此是后话)。就国籍来说是韩国人,但她在二十五六岁下决心学习韩语之前几乎一句都不会讲。在日本出生长大,曾留学法国一所音乐学院。因此除日语外,还会讲一口流利的法语和英语。衣着总是那么利落得体,身上不经意地戴着小巧而昂贵的饰品,开一辆深蓝色12汽缸“美洲虎”。

第一次见敏的时候,堇谈起杰克·凯鲁亚克[①]的小说。当时她正一头栽倒在凯鲁亚克的小说世界里。她定期更换文学偶像,那时轮到了多少有些“不合时令”的凯鲁亚克。上衣袋里总是揣着《在路上》或《孤独的旅行者》,一有空就翻上几页。每有好玩儿的段落,便用铅笔画上记号,像背宝贵经文似的背下来。其中最令她动心的是《孤独的旅行者》中看山人的话。凯鲁亚克曾在孤立的高山顶尖一座小屋里作为看山人形影相吊地生活了三个月。

堇引用了这样一小节:

> 人在一生当中应该走进荒野体验一次健康而又不无难耐的绝对孤独,从而发现只能依赖绝对孤身一人的自己,进而知晓自身潜在的真实能量。

①美国作家、诗人(1922—1969)。“垮掉的一代”的代表人物。

“你不觉得这样很妙?”她对我说,“每天站在山顶尖上,转体三百六十度环视四周,确认哪里也没有火灾黑烟腾起。一天的工作量就这么一点儿。剩下时间只管看书、写小说。夜晚有浑身毛茸茸的大黑熊在小屋四周转来转去。那才是我梦寐以求的人生。相比之下,大学里的文艺学专业简直成了黄瓜蒂。”

“问题是任何人到时候都不能不从山上下来。”我发表意见。但她没有为我的现实而又凡庸的见解所打动,一如平日。

如何才能像凯鲁亚克小说的主人公那样过上狂野、冷峻、放荡不羁的生活呢?堇当真苦恼起来。她双手插兜,头发故意弄得乱蓬蓬的,视力虽然不差却架一副迪吉·加列斯匹①那样的假象牙黑边眼镜,目光空漠地瞪视天空。她差不多总是身穿俨然从旧货店买来的肥肥大大的粗花呢夹克,脚上蹬一双硬撅撅的作业靴。倘脸上有地方可以蓄胡须,她肯定照蓄不误。

堇无论如何也不是一般意义上的所谓美人。双颊不丰满,嘴角多少向两侧扩张过头了些,鼻子又小又略微上翘。表情则够丰富,喜欢幽默,但几乎从不笑出声。个头不高,即便开心的时候说话也充满火药味儿。口红和描眉笔之类有生以来从未沾手,甚至是否准确知晓乳罩的尺寸也是未知数。尽管如此,堇还是有某种吸引人的特殊东西,至于如

---

①美国爵士乐小号演奏家、作曲家、指挥和歌手(1917—1993)。

何特殊则很难用语言解释。不过若细看她的眸子,答案自在其中。

我想还是交代一句为好:我恋上了堇。第一次交谈时就被她强烈地吸引住了,而后渐渐发展成为无可自拔的痴情。对我来说,很长时间里心目中只存在堇一个人。不用说,好几次我都想把自己的心情讲给她听。可是一旦面对堇,不知何故,总是无法把自己的感情转换成有正当含义的话语。当然从结果上看,这对自己也许倒是好事,因为即使我能顺利地表白心迹,也无疑会被堇一笑置之。

在同堇作为“朋友”交往的期间,我还和两个或三个女子交际着(不是数字记不确切,而是由于数法不同,有时为两个,有时为三个)。如果再加上睡过一两次的,名单还要略长一些。在同她们相互接触身体的时间里,我常常想到堇,或者说脑海的一隅时常或多或少地晃动堇的身影。我还想象自己拥抱的实际上是堇。当然这恐怕是不地道的。但我控制不了自己,不管地道也好不地道也好。

回到堇与敏的见面上来。

敏觉得自己听说过杰克·凯鲁亚克这个名字,是作家这点也依稀记得,至于什么作家却怎么也想不起来了。“凯鲁亚克、凯鲁亚克……莫不是斯普特尼克?”

堇完全弄不懂这突如其来的一句话。她兀自举着刀叉,思索良久。“斯普特尼克? 这斯普特尼克,该是五十年代第一次遨游太空的苏联人造卫星吧?杰克·凯鲁亚克可是美国的小说家哟。年代倒是赶在一起了。”

“所以就是说,当时大概用这个名字称呼那方面的小说家来着,是吧?”说着,敏像触探形状特殊的记忆壶底似的用指尖在桌面上轻轻地画圆。

“斯普特尼克……?”

“就是那一文学流派的名称。常有什么什么流派吧? 对了,就像‘白桦派’[①]似的。”

堇好歹想了起来:“垮掉的一代!”

敏用餐巾轻轻擦了下唇角。“垮掉的一代、斯普特尼克[②]……我老是记不住这类术语。什么‘建武中兴’[③]啦,‘拉巴洛条约’[④]啦,总之都是很早很早以前发生的事吧?”

暗示时间流程般的沉默持续片刻。

“拉巴洛条约?”堇问。

敏莞尔一笑。一种令人眷恋的亲昵的微笑,仿佛时隔好久从某个抽屉深处掏出来的。眯缝眼睛的样子也很动人。随后她伸出手,用细细长长的五指稍稍揉搓一下堇乱蓬蓬的头发,动作非常洒脱自然。受其感染,堇也不由笑了。

---

①日本近代文学的一个流派,标榜理想主义。

②垮掉的一代(美国的当代文学流派)英语为 Beatnik,与 Sputnik 读音相近(尤其在日语中)。

③建武为日本醍醐天皇的年号。1333 年醍醐天皇一度复辟,史称“建武中兴”。

④苏德于 1922 年签署的秘密条约。

自那以来,堇便在心里将敏称为“斯普特尼克恋人”。堇喜爱这句话的韵味。这使她想起莱卡狗,想起悄然划开宇宙黑暗的人造卫星,想起从小小的窗口向外窥看的狗的一对黑亮黑亮的眸子。在那茫无边际的宇宙式孤独中,狗究竟在看什么呢?

提起斯普特尼克,是在赤坂一家高级饭店举行的堇的表姐的婚宴上。并非怎么要好的表姐(莫如说合不来),再说什么婚宴之类对于堇来说简直等于拷问。但那次因为情况特殊,中途未能顺利逃离。她和敏同桌邻座。敏没有多讲什么,只似乎讲了堇的表姐考音乐大学时教过她钢琴,或在什么事上关照过。看上去虽说并无长期密切交往,但她好像有恩惠于表姐。

被敏触摸头发的那一瞬间,堇几乎以条件反射般的快速坠入了恋情之中,如同在广阔的荒原上穿行时突然被中等强度的雷电击中一样。那无疑近乎艺术上的灵感。所以,对方不巧是女性这点当时对于堇来说完全不成问题。

据我所知,堇没有可以称为恋人的朋友。高中时代有过几个男友,但不过是一起看看电影游游泳罢了,我猜想关系都不怎么深入。恒常不变地占据堇大脑大部分空间的,大约唯独想当小说家的激情,任何人都不可能如此强烈地令她心驰神往。纵使她高中时有过性体验,恐怕也不是出于性欲或爱情,而是文学上的好奇心所使然。

“老实说,我理解不好性欲那个玩意儿。”有一次(大概是从大学退学前不久,她喝了五杯香蕉代基里,醉得相当厉害),堇以极为难受的样子这样对我坦言,“不理解怎么形成的。你怎么看,对这点?”

“性欲那东西不是理解的,”我陈述往日稳妥的意见,“只是存在于那里而已。”

结果堇像注视某种以稀有动力运转的机器一样端详了好半天我的脸,而后兴趣尽失似的仰视天花板。交谈至此停止。可能她认为跟我谈这个是对牛弹琴吧。

堇出生于茅崎,家离海边很近,不时有夹沙的风敲打窗玻璃,发出干巴巴的声响。父亲在横滨市内开牙科诊所,人长得非常标致,尤其鼻梁俨然演《白色恐怖》时的格里高利·派克[①]。遗憾的是——据本人说——堇没承袭那鼻形。她弟弟也未承袭。造就那般好看的鼻子的遗传因子躲藏到何处去了呢?堇不时为之纳闷。倘若已埋没在遗传长河的河底,恐怕该称为文化损失才是,毕竟是那么端庄漂亮的鼻子。

理所当然,堇那位格外英俊的父亲在横滨市及其周边地区患有某种牙疾的妇女中间保持着近乎神话的人气。在诊所里他深深拉下帽檐,戴上大号口罩。患者能看到的,只是他的一对眼睛和一副耳朵,尽管如此,仍无法掩饰其美男子风采。标致的鼻梁拔地而起,富有性感地撑起口罩,女患者一瞧见,几乎无一例外地脸泛红晕,一见钟情,频频就

①美国电影演员(1916—2003)。

医——尽管不属于医疗保险范围。

堇的母亲三十一岁就过早地去世了。心脏有先天性缺陷。母亲死时堇还不到三岁。关于母亲，堇所能记得起来的，只是些微的肌肤味儿。母亲的相片总算有几张存留下来，结婚纪念照和刚生下堇不久的抢拍照。堇抽出老影集，一次又一次看那相片。仅就外表而言，堇的母亲——保守地说来——是个“印象淡薄”的人。身材不高，发型普通，衣着样式匪夷所思，脸上挂着令人不舒服的微笑。若后退几步，简直可以同背后的墙壁合而为一。堇力图把母亲的长相印入脑海，这样就有可能同母亲相会梦中，在梦中握手、交谈。但很难如愿。因为母亲的长相即使记住一次，很快也会忘掉。别说梦中，大白天在同一条路撞上怕也认不出来。

父亲几乎不提已逝母亲的往事。他原来就不愿意多谈什么，又有一种有意避免对所有生活局面使用情绪化表达方式的倾向（恰如某种口腔感染症）。记忆中，堇也没有就死去的母亲向父亲问过什么。只有一次，还很小的时候，因为什么问过一次“我妈妈到底是怎样一个人”。当时两人的问答她记得一清二楚。

父亲把脸转向一边，想了一会说道：“记忆力非常好，字写得漂亮。”

不伦不类的人物描写。我想他当时本该讲一些能够深深留在幼小女儿心里的往事，讲一些能够使女儿作为热能温暖自己的富有营养的词句,讲一些能够成为主轴成为立柱的话语,以便太阳系第三行星上的女儿多少用来撑起她根基不稳的人生。堇打开笔记本雪白的第一页静静等待,然而遗憾的是(或许是应该这样说)堇英俊的父亲并非那一类型的人。

堇六岁时父亲再婚,两年后弟弟降生。新母亲也不好看,记忆力也不怎么样,字更谈不上漂亮,但人很公道、热情,对于自动成为她非亲生女儿的年幼的堇来说,自是一件幸事。不,说是幸事并不准确。因为选择她的毕竟是父亲。作为父亲他固然多少存在问题,但在伴侣选择上始终是聪明而务实的。

在整个复杂而漫长的思春期,继母都从未动摇地关爱着堇。在她宣称“从大学退学集中精力写小说”时,相应的意见当然也是提了的,但基本上还是尊重她的意愿。为堇从小就喜欢看书感到高兴并予以鼓励的,也是继母。

继母花时间说服父亲,促成了在堇年满二十八岁之前提供一定生活费的决定,如果以后她再不成器,就一个人想办法去。假如没有继母说情,堇很可能在没有具备必要分量的社会常识和平衡感的情况下,身无分文地被放逐到多少缺乏幽默感——当然地球并非为了让人发笑让人心旷神怡而苦苦地绕着太阳转的——的现实性荒郊野外,虽说这对于堇来说未尝不是好事。

堇遇上“斯普特尼克恋人”，是在大学退学后两年多一点儿的时候。

她在吉祥寺租了一间宿舍，同最低限度的家具和最大限度的书刊一起度日。快中午时起床，下午以巡山者的气势在井头公园散步。若天气晴好，就坐在公园长椅上嚼面包，一支接一支吸烟看书。若下雨天气变冷，便钻进用大音量播放欧洲古典音乐的老式酒吧，蜷缩在疲软不堪的沙发上，愁眉锁眼地边看书边听舒伯特的交响乐或巴赫的大型乐曲。傍晚喝一瓶啤酒，吃一点在超市买的现成食品。

晚间一到十点，她便坐在书桌前，摆在眼前的是满满一壶热咖啡、大号带柄水杯（过生日时我送的，绘有斯纳弗金的画）、一盒万宝路烟和玻璃烟灰缸。文字处理机当然有，一个键表示一个字。

房间里一片岑寂。脑海如冬日夜空般历历分明，北斗七星和北极星在固定位置闪烁其辉。她有许许多多的事情要写，有许许多多的故事要说。若在哪里捅一个准确无误的出孔，炽热的激情和奇思妙想必定会如岩浆鼓涌而出，睿智而全新的作品源源不断诞生出来，人们将为“具有旷世奇才的新巨匠”的闪电式登场而瞠目结舌，报纸的文化版将刊登堇面带冷峻微笑的照片，编辑将争先恐后拥来她的宿舍。

然而遗憾的是这样的事没有发生。事实上堇也没有完成过一部有头有尾的作品。

说实话，任凭多少文章她都能行云流水般写出，写不出文章的苦恼同堇是不沾边的。她能够将脑袋里的东西接二连三转换成词句。问题是一写就写过头了。当然写过头砍掉多余部分即可,可是事情没那么简单。因为她无法准确找出自己所写文章哪部分对整体有用、哪部分没用。第二天堇读打印好的东西时,感觉上既好像全部必不可缺,又似乎一律可有可无。有时陷入绝望的深渊,将眼前所有原稿一撕了之。若值冬夜房间又有火炉,真可能像普契尼的《绣花女》那样用来取一会儿暖,可惜她的单间宿舍里根本没有什么火炉。别说火炉,电话都没有,甚至能把人照完整的镜子都没有。

每到周末,堇就挟着写好的原稿来我宿舍,当然仅限于未惨遭屠戮的幸运原稿。但仍有相当分量。对堇来说,能够看自己原稿的人,这偌大世界上唯我一人。

大学里我比她高两年级,加之专业不同,我们几乎没有相接点,只是一个偶然机会才使我们亲切交谈起来。五月连休过后的星期一,我在学校正门附近的汽车站读从旧书店找来的保尔·尼赞[①]的小说。正读着,旁边一个矮个子女孩踮起脚往书上看,问我如今怎么还读什么尼赞,口气颇有吵架的意味。那情形像是想把什么一脚踢开,却无可踢的东西,只好向我发问——至少我是这样感觉的。

说起来,我和堇两人倒是意气相投。两人都如呼吸空气一般自然

①法国小说家(1905—1940)。作品有《阴谋》等。

而然地热衷于阅读,有时间就在安静的地方一个人没完没了地翻动书页。日本小说也好外国小说也好新的也好旧的也好前卫也好畅销也好——只要是多少能使心智兴奋的,什么书都拿在手里读。进图书馆就泡在里面不出来,去神田旧书街可以耗掉一整天时间。除了我本身,我还没碰上如此深入广泛而执着地看小说的人,而堇也是一样。

她从大学退学的时候,正好我从那里毕业出来。那以后堇也每月来我住处两三次。我偶尔也到她房间去,但那里容两个人显然过于狭小,因此她来我住处的次数要多得多。见面仍谈小说,换书看。我还时常为堇做晚饭。一来我不以做菜为苦,二来堇这个人若让她在自己做和什么也不吃之间选择,她宁愿选择后者。作为回礼,堇从打工的地方带来很多很多东西,在药品公司仓库打工时带来了六打避孕套,估计还剩在我抽屉的最里端。

堇当时写的小说(或其片断)并非她本人认为的那么糟糕。当然她写东西还没有完全上手,风格看上去也欠协调,好比兴趣和疾病各不相同的几个旧式妇人聚在一起不声不响地拼凑成的百衲衣。这种倾向是她本来就有的抑郁症造成的,有时候难免发展到不可收拾的地步。更不妙的是,堇当时只对写十九世纪式的长卷“全景小说”感兴趣,企图将关系到灵魂和命运的所有事象一股脑儿塞入其中。

不过,她写出的文章——尽管有若干问题——仍有独特的鲜度,可以从中感受到她力求将自己心中某种宝贵的东西一吐为快的直率心情。至少她的风格不是对别人的模仿,不是靠小聪明小手段拼凑成的。我最中意她文中的这些部分,将这些部分中所具有的质朴的力剪下来强行填入整洁雅致的模型中的做法恐怕是不正确的,她还有充分的时间由着自己东拐西拐,不必着急。常言说得好:慢长才能长好。

“我满满一脑袋想写的东西,像个莫名其妙的仓库似的。”堇说,“各种各样的图像和场景、断断续续的话语、男男女女的身影——它们在我脑袋里时,全都活龙活现、闪闪生辉。我听见它们喝令我‘写下来!’而我也觉得能产生美妙的故事,能到达一个新的境地。可是一旦对着桌子写成文字,我就知道那宝贵的东西已经荡然无存。水晶没有结晶,而作为石块寿终正寝了。我哪里也去不成。”堇哭丧着脸,拾起大约二百五十个石子朝水池扔去。“或许我本来就缺少什么,缺少当小说家必须具备的关键素质。”

沉默有顷。深重的沉默。看来她是在征求我凡庸的意见。

“中国往昔的城市,四面围着高高的城墙,城墙上有几个壮观的大门。”我想了一会说道,“人们认为门具有重要意义。人们相信不但是人从门出出入入,而且城市的灵魂也在其中,或者应在其中,正如中世纪欧洲人将教堂和广场视为城市的心脏一样。所以中国至今还存留好几座雄伟的城门。过去中国人是怎样建造城门的你可知道?”

“不知道。”堇说。

“人们把板车拉到古战场上去,尽量收集散在或埋在那里的白骨。由于历史悠久,找古战场没有困难。接下去就在城的入口处修建嵌入那些白骨的非常高大的城门——他们希望通过祭奠亡灵而由死去的将士守护自己的城市。但是,仅仅这样是不够的。门建成之后,还要领来几只活狗,用短剑切开喉咙,把热乎乎的狗血泼在门上。于是干枯的白骨同新血混在一起,赋予古老的亡魂以无边法力。他们是这样认为的。”

堇默默地等待着下文。

“写小说也与此相似。无论收集多少白骨、建造多么壮观的城门,仅仅这样小说也是活不起来的。在某种意义上,故事这东西并非世上的东西。真正的故事需要经受联结此侧与彼侧的法术的洗礼。”

“就是说,我也要从哪里找来一只属于自己的狗才行,是吧?”

我点点头。

“而且必须喷以热血?”

“或许。”

堇咬着嘴唇思索了半天。又有几颗可怜的石子给她投进池去。“可能的话,不想杀害动物。”

“当然是一种比喻,”我说,“不是真要杀狗。”

我们一如往常地坐在井头公园的长椅上。是堇最中意的长椅。池水在我们前面铺陈开去。无风。落在水面的树叶仿佛紧紧贴在那里似的浮着不动。稍离开些的地方有人生起篝火。空气中夹杂着开始走向尾声的秋的气息。远方的声响听起来分外悦耳。

“你需要的恐怕是时间与体验,我是这么看的。”

“时间与体验。”说着,堇抬头望天。“时间就这样飞快地过去。体验?别提什么体验!不是我自命清高,我连性欲都没有。而没有性欲的作家到底又能体验什么呢?岂非跟没有食欲的厨师一回事?”

“关于你性欲的走向,我不好说什么,”我说,“很可能仅仅是藏在哪里罢了。或者出远门旅行流连忘返了也未可知。不过坠入恋情可是没有道理好讲的。它也许突然平地蹿出来一把将你抓住,甚至就在明天。”

堇把视线从天空收回,落到我脸上:“像平原上的龙卷风?”

“也可以这样说。”

她想象了一会儿平原上的龙卷风。

“那平原上的龙卷风,你可实际见过?”

“没有。”我说。在武藏野根本见不到真正的龙卷风(该庆幸才是)。

此后大约过了半年,一天,正如我所预言的,她忽然莫名其妙地坠入了平原龙卷风一般无可抑勒的恋情之中——同年长十七岁的已婚女性,同“斯普特尼克恋人”。

敏和堇在婚宴上坐在一起时,按世人通常的做法,两人首先相互报了姓名。堇厌恶"堇"这个自家名字,可能的话不想告诉任何人,但对方既然问起,礼节上不能避而不答。

据父亲说,名字是去世的母亲选定的。母亲顶顶喜欢莫扎特那首叫《紫罗兰》的歌曲[①],很早就已打定主意:自己有女儿就叫这个名字。客厅唱片架上有《莫扎特声乐集》(肯定是母亲听的),小时候堇就把有些重量的密纹唱片小心翼翼地放在唱机上,翻来覆去地听那首名称叫《紫罗兰》的歌曲。伊丽莎白·施瓦茨科普芙的歌,沃尔特·季塞金的钢琴伴奏。歌的内容听不懂。不过从那悠扬舒缓的旋律听来,想必唱的是开满原野的紫罗兰的娇美。堇想象着那片风景,为之一往情深。

但上初中时在学校图书馆发现了那首歌词的日文翻译,堇很受打击:原来歌的内容是说旷野上开的一朵楚楚动人的紫罗兰给一个粗心大意的牧羊女一脚踩得扁扁的,她甚至没有意识到自己踩的是花。据说取自歌德的诗。其中没有获救的希望,连启示性都谈不上。

"母亲何苦非用这么凄惨的歌名给我当名字不可呢?"堇苦着脸说。

敏对齐膝上餐巾的四角,嘴角挂着中立性的微笑看着堇。她有一对颜色极深的眸子,多种色调交融互汇,却不见浑浊、不见阴翳。

---

①"堇"意为紫罗兰,在日语中二者是同一词。

“旋律你觉得是美的吧?”

“啊,旋律本身是美的,我想。”

“我嘛,只要音乐美,大致就满足了。毕竟在这世上只挑好的、美的来拿是不大可能的。您的母亲喜爱那首曲子,以致没把歌词之类放在心上。再说,你老是那么一副表情,可要很快爬上皱纹掉不下去喽!”

堇这才好歹撤下了苦相。

“或许是那样的。只是我很失望。是吧?这名字是母亲留给我的唯一有形物,当然我是说如果不算**我本人**的话。”

“反正堇这个名字不是挺好的么?我喜欢哟!”如此说罢,敏微微偏了下头,意思像是说应换个角度看事物。“对了,你父亲可出席这婚宴了?”

堇环视四周,发现了父亲。宴会厅虽大,但由于父亲身材高大,找出来并不难。他隔着两张桌子把侧脸对着这边,正同一个身穿晨礼服、看上去蛮诚实的小个子老人聊什么,嘴角漾出仿佛即使对刚形成的冰山都能以心相许的温暖的微笑。在枝形吊灯光的辉映下,他那端庄的鼻梁宛如洛可可时代剪纸的剪影一般浮在沙发上方,就连看惯了的堇都不能不为其美男子风采而再次折服。她父亲的相貌正适合出席这种正式集会,只消他一出现,会场的空气便燦然生辉,恰如大花瓶里插的鲜花,或黑漆漆的加长高级轿车。

一瞥见堇父亲的形象,敏顿时瞠目结舌。她吸气的声音传到堇的耳畔——声音就像轻轻拉开天鹅绒窗帘以便用清晨温和的自然光催促心上人睁开眼睛似的。堇暗想,或许她该把小型望远镜带来才是。不过她已习惯人们——尤其是中年女性——对父亲容貌的戏剧性反应了。所谓漂亮是什么呢?又有怎样的价值呢?堇每每感到不解。但谁都不肯指教。其中肯定有难以撼动的功能。

“你有一位英俊的父亲——那是怎么一种感觉呢?”敏问,“只是出于好奇心。”

堇叹息一声——此前不知碰到多少回这样的提问了——说道:“也没什么可开心的。大家心里都这样想:竟有长得这么英俊的!绝了!可相比之下女儿可不怎么着,怕是隔代遗传吧。”

敏朝堇这边转过脸,微微收拢下巴看堇的脸,像在美术馆停住脚步欣赏自己中意的一幅画。

“我说,如果这以前你真是那样感觉的,那是不对的。你十分出色,不亚于你父亲。”说着,敏伸出手,甚为自然地轻轻碰了碰桌面上堇的手。“想必你自己也不知晓你是多么有魅力。”

堇脸上一阵发热,心脏在胸腔里发出狂奔的马蹄跑过木桥般大的声响。

之后,堇和敏不理会周围情形,闷头聊了起来。婚宴很热闹。许多人起身致词(堇的父亲自然也致了词)。上来的菜绝对不差,却一样也没留在记忆里。记不清吃肉了还是吃鱼了,是规规矩矩地用刀叉吃的,还是吮了手指舔了盘底。

两人谈起音乐。堇是西方古典音乐迷，从小就听遍了父亲收集的唱片。音乐爱好方面两人有很多共同点。双方都喜欢钢琴乐，都认为贝多芬32号钢琴奏鸣曲是音乐史上最重要的钢琴乐，认为其标准解释应是威尔海姆·巴克豪斯[①]在迪卡留下的录音，相信那是无与伦比的演奏，里边洋溢着何等感人的生之喜悦啊！

弗拉基米尔·霍洛维茨那非立体单声道录音时代录制的肖邦，尤其是诙谐曲绝对令人亢奋不已；弗里德里希·古尔达弹奏的德彪西前奏曲集充满幽默感，娓娓动听；季赛金[②]演奏的格里格令人百听不厌；斯维亚托斯拉夫·里赫特[③]演奏的普罗科菲耶夫[④]具有深思熟虑的保留和瞬间造型的绝妙深刻，故而无论哪一首都有细细品听的价值；旺达·兰多夫斯卡[⑤]弹的莫扎特钢琴奏鸣曲是那般的温情脉脉、纤毫毕现，却为何得不到应有的评价？

"你现在做什么呢？"谈罢一阵子音乐，敏问道。

堇说从大学退学后，有时边打零工边写小说。敏问写什么小说，堇回答说一句话很难讲清楚。那么阅读方面喜欢什么样的小说呢，敏问。堇答道，一一列举起来举不完，最近倒是常看杰克·凯鲁亚克的小说。于是谈到了"斯普特尼克"。

---

①德国钢琴家（1884—1969）。

②德国钢琴家（1895—1956）。

③俄罗斯钢琴家（1915—1997）。

④苏联作曲家（1891—1953）。作品有《彼得与狼》等。

⑤波兰女大提琴演琴家（1879—1959）。1941年移居美国。

除了为打发时间看的极为消闲性的东西,敏几乎没摸过小说。那种“此乃无中生有”的念头总是挥之不去,感情没办法转移到主人公身上,敏说。向来如此。她看的书仅限于纪实性的,而且大多为工作之需。

做什么工作呢,堇问。

“主要跟国外打交道。”敏说,“父亲经营的贸易公司,十三年前由我这个长女继承下来。我练过钢琴,想当钢琴手来着。但父亲因癌症去世,母亲体弱又讲不好日语,弟弟还在念高中,只好由我暂且照看公司。有几个亲戚还靠我家的公司维持生活,不能轻易关门大吉。”

她像画句号似的短短叹了口气。

“父亲公司的主要业务原本是从韩国进口干菜和中草药,现在范围扩大了,连电脑配件之类都经营。公司代表至今还是以我个人名义,但实际管理是丈夫和弟弟负责,用不着我经常出头露面。所以我专心从事同公司无关的私人性质的工作。”

“举例说?”

“大的方面是进口葡萄酒,有时也在音乐方面做点什么,在日本和欧洲之间跑来跑去。这个行当的交易很多时候是靠个人编织的关系网促成的,所以我才能单枪匹马地同一流贸易公司一比高低。只是,为了编织和维持个人关系网,要费很多事花很多时间。当然……”她像想起什么似的抬起脸,“对了,你可会讲英语?”

“口语不太擅长,马马虎虎。看倒是喜欢。”

“电脑会用?”

“不怎么精通,但由于用惯了文字处理机,练练就能会,我想。”

“开车如何?”

堇摇摇头。上大学那年往车库里开父亲那辆沃尔沃四驱车时把后车窗撞在柱子上,从那以来几乎没摸过方向盘。

“那,能最多以两百字解释清楚‘符号’和‘象征’的区别?”

堇拿起膝头的餐巾轻轻擦拭一下嘴角,又重新放回。她未能充分把握对方的用意。“符号和象征?”

“没什么特殊意思,举个例子。”

堇再次摇头:“心里没数。”

敏莞尔一笑:“可以的话,希望你能告诉我你有何种现实性能力?也就是说擅长什么?除了看很多小说听很多音乐以外。”

堇静静地把刀叉放在盘子上,盯着桌面上方的无名空间,就自己本身思考一番。

“同擅长的相比,不会的列举起来倒更快。不会做菜,打扫房间也不行,不会整理自己的东西,转眼就把东西弄丢。音乐自是喜欢,叫唱歌就一塌糊涂。手不灵巧,一根钉子都钉不好。方向感等于零,左右时常颠倒。生起气来动不动损坏东西,碟盘啦铅笔啦闹钟啦等等。事后诚然懊悔,但当时怎么也控制不住。存款分文皆无。莫名其妙地怕见生人,朋友差不多没有。”

堇说到这儿叹了口气,接着说道:

“不过，若是用文字处理机，不看键盘也能写得飞快。体育运动虽说不怎么擅长，但除了流行性腮腺炎，生来至今还没得过什么大病。另外对时间格外注意，约会一般不迟到。吃东西完全不挑肥拣瘦。电视不看。有时胡乱自吹自擂几句，但自我辩解基本不做。一个月有一两回肩部酸痛得睡不着，但除此以外睡眠良好。月经不厉害。虫牙一颗没有。西班牙语能讲一些。”

敏抬起脸：“会西班牙语？”

上高中时，堇在作为外贸公司职员常驻墨西哥城的叔父家住了一个月，觉得机会难得，就集中突击西班牙语，结果学会了。在大学选的也是西班牙语。

敏把葡萄酒杯的长柄夹在指间，像拧机器上的螺丝似的轻轻旋转。“怎样？不想去我那里工作一段时间？”

“工作？”堇不晓得做什么表情合适，暂且维持一贯的苦相。“嗳，生来我可还从没像样地工作过哟，电话怎么接都稀里糊涂。上午十点之前我不乘电车，再说——听说话你就知道了——敬语又不怎么会用。”

“不是这个问题。”敏简单地说，“明天中午的安排没有吧？”

堇条件反射地点点头。不用考虑，没有安排是她的主要资本。

“那么两人一块儿吃顿午饭吧。我在附近餐馆订个安静的座位。”说罢，敏举起男侍新斟的黑葡萄酒，冲着天花板细细审视，确认芳香，随后悄悄含入最初一口。一连串的动作里带有自发的优雅感，令人联想到有反省能力的钢琴手在漫长岁月中反复练就的短小华彩乐段。

“详细的到那时候慢慢谈。今天想把工作放在一边,轻松轻松。这波尔多[①]相当不坏嘛!”

堇放松表情,坦率地问敏:“不过,才刚刚见面,对我还几乎什么都不了解吧?”

“是啊,或许什么都不了解。”敏承认。

“那,凭什么知道我有用呢?”

敏微微晃了一下杯里的葡萄酒。

“我向来以貌取人。”她说,“也就是说,我看中了你的相貌和表情的变化,一眼看中。”

堇觉得周围空气骤然稀薄起来,两个乳头在衣服下面变得硬硬的。她伸出手,半机械地拿过水杯,一口喝干里面剩下的水。脸型酷似猛禽的男侍不失时机地赶到她背后,往喝空的大玻璃杯里倒进冰水。那咣咣啷啷的动静在堇一团乱麻的脑袋里发出的空洞洞的回响,一如被关进山洞的盗贼的呻吟。

堇深信:自己还是恋上了这个人,毫无疑问(冰永远冷,玫瑰永远红)。并且这恋情即将把自己带往什么地方,可自己早已无法从那强大的水流中爬上岸来,因为自己毫无选择余地。自己被带去的地方,也许是从未见过的特殊天地,或是危险场所也未可知。也可能那里潜伏的

---

①此处指法国波尔多地区产的葡萄酒。

东西将给自己以深深的致命的伤害。说不定现在已然到手的东西都将损失一尽。但自己已别无退路。只能委身于眼前的激流——纵使自己这个人在那里灰飞烟灭。

她的预感——当然是现在才知道的——百分之一百二十正确。

2

堇打来电话，是婚宴过后正好两个星期后的星期日凌晨。我当然睡得铁砧一般昏天黑地。上个星期有个会议由我主持，为搜集必要的（其实也没大意思）资料而不得不削减睡眠时间，所以周末打算大睡特睡一通。不料这时电话铃响了，凌晨时分。

“睡着？”堇探询似的问。

我低低“嗯”了一声，条件反射地扫了一眼闹钟。闹钟针很大，又足足涂了夜光粉上去，却不知为什么竟没看清数字。映入视网膜的图像同接收分析它的大脑部位之间配合失调，如老太婆无法把线穿进针眼。我勉强弄明白的，是四下漆黑一团，近乎司各特·菲茨杰拉德[①]称为“灵魂暗夜”的那一时刻。

“就快天亮了。”

“唔。”我有气无力。

“宿舍附近还有人养鸡，肯定是冲绳回归前就在那里的鸡，马上开叫的，过不了三十分钟。所以嘛，说实话，一天里边我最喜欢这个时刻。黑漆漆的夜空从东边一点点放亮，鸡像报复什么似的气势汹汹地啼叫起来。你附近可有鸡？”

我在电话这一端轻轻摇头。

“从公园附近的公共电话亭打的。”

我“噢”一声。距她宿舍二百米远的地方有个电话亭，堇没有电话，经常走去那里打。电话亭形状非常普通。

“喂，这个时间给你打电话的确抱歉得很，真的觉得抱歉——在鸡还没叫的时间里，在可怜巴巴的月亮像用旧了的肾脏一样干瘪瘪地挂在东方天空一角的时间里。不过，为给你打这个电话，我可是一步一挪摸黑走到这里来的哟，小手里紧紧攥着表姐婚礼上派发的电话卡，卡上印有两人手握手的纪念照。这有多么凄惨，你也该知道吧？袜子都左右不配对。一只图案是米老鼠，另一只单色全毛的。房间一片狼藉，搞不清什么东西在什么地方。倒不好意思大声说——连内裤都一塌糊涂，专偷内裤的小偷怕都要躲着走开。这副德性若是给劫道魔杀了，可就进不成天国了。所以嘛，倒不是要你同情，可总该说句像样的话吧？别老是‘噢’啦‘唔’啦的，别用这些冷冰冰的感叹词什么的。哪怕连接

①美国小说家（1896—1940）。作品有《了不起的盖茨比》等。

词也成，例如什么‘可是’、‘但是’之类。”

“可是，”我说。实在太疲劳了，连做梦的气力都没有。

“**可是**，”她重复道，“也好也好，毕竟有了点进步，小小的一步。”

“那么，找我可是有什么事?”

“当然当然，有问题要向你请教，所以才打电话的。”说着，堇轻咳一声，“就是——符号与象征的区别是什么?”

我腾起不可思议的感觉，就好像有什么队列在脑袋里静静穿行。“问话重复一遍可好?”

她重复一遍：符号与象征的区别是什么?

我在床上支起身体，把听筒从左手换到右手。“就是说你是想知道符号与象征的区别才打电话来的？在星期天一大早天亮之前，唔……”

“四点十五分。”她说，“心里静不下来，总琢磨符号与象征的区别到底是什么呢？前些天有人问过我，后来忘了。脱衣服刚要躺下时忽然想起，就再也睡不成了。你能解释一下？象征与符号的区别。”

“比方说，”我眼望天花板。要向堇有条有理地解释事物，即使神志正常的时候也是困难的作业。“天皇是日本国的象征——这个明白吗?”

“好像明白。”她说。

“不是**好像**，日本国宪法是实实在在那么规定的。”我尽可能用冷静的声音说，“异议和疑问或许有，问题是若不作为一项事实接受下来，谈话就进展不下去。”

“好的,接受就是。”

“谢谢。复述一次:天皇是日本国的象征。但并不意味天皇与日本国是等价的。明白?”

“不明白。”

“听着,就是说箭头是单行道:虽然天皇是日本国的象征,但日本国不是天皇的象征。这回明白吧?”

“我想我明白。”

“可是,如果写成‘天皇是日本国的符号’,那么二者便是等价的。也就是说,我们说日本国的时候,即意味天皇;说天皇的时候,即意味日本国。进一步说来,两者可以交换。a = b 和 b = a 是同一回事。简言之,这就是符号的含义。”

“你想说的是:天皇同日本国交换?这办得到么?”

“不是那个意思,不是的。”我在电话这一头急剧地摇头。“我现在只是想尽量简单地解释象征与符号的区别,没有真要交换天皇和日本国的意思,一种解释方法罢了。”

“唔。”堇说,“不过,这回像是明白了,感觉上。总之就是单行道和双行道的区别喽?”

“专家也许讲得更为到位,但若简单下个定义,我想大致是这样的。”

“我总认为你很善于解释什么。”

“我的工作嘛。”我的话语听起来平板板的，缺乏生机。“你也当一次小学老师好了。五花八门的提问都涌到我这里来：地球为什么不是四方的？乌贼为什么是十条腿而不是八条腿？一来二去，差不多所有的问题都能应付过去。”

“哦，你肯定是个好老师。”

“是不是呢？”我说。是不是呢？

“可为什么乌贼是十条腿而不是八条呢？”

“这回睡觉行了吧？我实在累坏了。这么手拿听筒，都像是在独自撑着快塌下来的石墙。”

“跟你说，”堇留了个微妙的间缝，就像年老的铁路道口看守员在开往彼得堡的火车到来之前哐啷一声合上道岔。“说这种话真像是犯傻……实说了吧——我坠入了情网。”

“唔。”我把听筒从右手换回左手。听筒中传来堇的喘息。我不知如何应答，便依照不知如何应答时的习惯道出一句没头没脑的话来：“不是**跟我**吧？”

“不是**跟你**。”堇说。听筒里传来廉价打火机点烟的声音。“今天有空儿？想见面谈谈。”

“谈你跟不是我的什么人坠入情网的事？”

“正是。”堇说，“谈我一下子坠入情网的事。”

我把听筒夹在肩头和脖子之间挺直身体。“傍晚有空儿。”

“五点去你那里。”堇说，而后忽然想起似的补上一句：“谢谢你了。”

“谢什么?”

“谢谢你凌晨耐心回答我的问题。”

我含糊地应了一声,放下电话,熄掉枕边灯。还漆黑漆黑的。重返睡梦之前,我回想了一下这以前堇是否对我说过一次谢谢。一次恐怕还是有的,记不起了。

五点稍前一点,堇来到我宿舍。第一眼我差点儿没认出来:这就是堇吗?她上下焕然一新。头发剪成凉爽爽的短发,额前刘海儿看上去还有剪过的痕迹。身穿海军蓝半袖衫,披一件薄质对襟毛衣,脚上是中高跟黑漆皮鞋,甚至长筒袜都穿了。**长筒袜**?对女性服装我自然没什么研究,但看得出她身上的装备哪一件都相当昂贵。如此打扮一番,堇显得比平日清秀脱俗多了。没有不合时宜之感,莫如说甚为得体。不过相比之下,我还是喜欢以前那个衣着不伦不类的堇。当然一切都是口味问题。

“不坏。”我从上到下打量一遍说,“杰克·凯鲁亚克作何感想自是不得而知。”

堇微微一笑,笑得比往日略显优雅。“不出去散散步?”

我们并肩沿着大学路朝火车站方向走去,途中进了一家常去的酒吧喝咖啡。堇照例连同咖啡要了勃朗峰奶油蛋糕。接近尾声的四月的一个天气晴朗的周日傍晚。花店摊台上摆着番红花和郁金香。风徐徐吹来,吹得年轻姑娘们的裙子轻飘飘地摇来摆去,吹来小树漾出的令人心怀释然的芬芳。

我双手叉在脑后,看堇缓慢而忘情地吃着勃朗峰。酒吧天花板的小音箱中淌出阿斯特拉德·吉尔贝托往日的博萨诺瓦舞曲,“把我领去阿鲁安达,”她唱道。闭起眼睛,杯和杯托哐哐相碰的声音听起来仿佛是遥远的涨潮声。阿鲁安达是怎样的地方呢?

“还困?”

“不困了。”我睁开眼睛说。

“精神?”

“精神,精神得像初春的伏尔塔瓦河。”

堇注视了一会儿吃空的勃朗峰盘子,然后抬头看我。

“不觉得蹊跷——我干吗穿这样的衣服?”

“有点儿。”

“不是花钱买的,我也没那笔钱。这里边情况很复杂。”

“就那情况想象一下可以么?”

“愿闻。”

“你打扮成不三不四的杰克·凯鲁亚克模样,在哪里的洗手间正叼着烟喀哧喀哧地洗手时,一个身高一米五五左右的衣着入时的女人气喘吁吁跑进来说:‘帮个忙,从上到下在这里跟我换穿衣服。缘由不便解释,反正后面坏人追得紧,想改装逃走。碰巧咱俩身高差不多少’——在香港电影里看过。”

堇笑道:“对方鞋号是二十二,连衣裙号是七,巧极了。”

“于是当场连米老鼠内裤都换了。”

“米老鼠不是内裤,是袜子。”

“半斤八两。”

“哪里。”堇说,“不过也是,相当接近。”

“近到什么程度?”

她把身子探到桌面上:“说来话长,想听?”

“想听也罢什么也罢,你不是为讲这个才特意跑来的吗?再长也没关系,讲就是。除了正传,若还有序曲和‘精灵之舞’,也一起讲好了。”

于是她开始讲述。讲了表姐的婚礼,讲了和敏在青山一家餐馆吃午饭。话的确很长。

3

婚礼第二天也就是周一下雨。雨是刚过半夜时开始下的，不紧不慢下到天亮。雨轻轻的柔柔的，黑油油地淋湿了春天的大地，悄无声息地催发着地表下蛰伏的默默无闻的生命。

想到可以与敏重逢，堇胸口怦怦直跳，什么都干不下去。那心情，简直就像迎风站在山顶尖上。她坐在桌前点燃一支烟，一如往常地打开文字处理机的开关，但无论怎么盯视荧屏都一行字也推不出来，而这对于堇是不应有的事。她只好作罢，关机，歪在小房间地板上，兀自叼着尚未点燃的香烟，沉浸在漫无边际的思绪中。

仅仅可以同敏单独交谈，自己就这样激动不已。假如就那样同敏正常分别不复相见，心里必定很不好受。莫非出于对清纯秀美的年长女性的向往不成？不，不至于，堇打消此念。自己是渴望待在她身边，渴望手一直碰在她身体的某一部位，而这同单纯的向往多少有所不同。

堇喟然叹息,看一会天花板,点燃香烟。想来也真是奇妙,二十二岁才真正开始热恋,对象碰巧又是女性。

敏订的餐馆距地铁表参道站走路需十分钟左右,初来之人不容易找,也不容易进。店名只听一次都很难记住。在门口道出敏的姓名,堇被领上二楼一个小单间。敏已坐在那里,正一边喝着加冰沛绿雅矿泉水,一边兴致勃勃地同男侍商量菜谱。

她身穿藏青色开领半袖衫,套一件同样颜色的棉布外衣,别一个了无装饰的细细的银发卡,裤子是白色紧身牛仔裤。餐桌一角放着鲜艳的蓝色太阳镜。椅子上有壁球球拍,和米索尼设计的塑胶运动包。大概是打完几场壁球准备回去,脸颊上还剩有淡淡的红晕。堇想象她走进体育馆的淋浴室,用带有异国气味的香皂洗去身上汗水的情景。

身穿平时穿的人字呢上衣和土黄色长裤、头发如孤儿般乱糟糟的堇一进房间,敏立刻从菜单上抬起脸,粲然一笑:“吃东西不挑肥拣瘦——最近你说过吧?我适当挑几样可好?”

好好,堇说。

敏为两人选了同样的东西:主食为炭火烤新鲜白肉鱼,外加少许带蘑菇末的绿沙司。鱼的刀口有点焦,焦得赏心悦目、无懈可击,堪称艺术品。旁边有几个南瓜面丸子,和搭配得极其高雅的苣荬菜色拉。甜食要的是奶油布丁,只堇一个人吃,敏一副视而不见的样子。最后上来蒸馏咖啡。堇猜想敏这个人对饮食相当注意。敏的脖颈如植物的茎一般纤细,身上连发胖的迹象都没有,无需减肥。想必她决心寸步不让地护卫业已到手的一切,恰如钻入山头堡垒的斯巴达人。

两人边吃边天南海北地聊着。敏想了解堇的身世,堇乖乖回答敏的提问。讲了父亲、母亲、就读的学校(哪所都喜欢不来)、作文比赛得的奖品(自行车和百科全书)、从大学退学的经过以及眼下的日常生活。不是什么波澜起伏的人生,但敏热心地听着,像在听人讲从未去过的、风俗奇妙有趣的国度。

堇也想知道敏很多很多的事。但敏看上去不大愿意谈自己本身。“我的身世讲不讲无所谓的。”她好看地笑道,“还是想听听你的。”

直到一顿饭吃完,堇也未能了解到敏什么,只得知敏的父亲把自己在日本挣的钱捐给其出生地——韩国北部一个小镇,为当地居民建造了几处很可观的福利设施,至今镇广场上仍矗立着她父亲的铜像。

“一个山里小镇。也是因为冬天的关系,一看就觉得冷飕飕的。红褐色的山上全是岩石块,树长得弯弯曲曲。小时跟父亲回去过一次,铜像揭幕的时候。记得镇上亲戚很多,流着泪抱我来着。可我听不懂大家说什么,光觉得害怕。对我来说,那里不过是个人地两生的异国小镇。”

堇问是什么样的铜像。她认识的人里边没一个成铜像的。

“普通铜像,可以说是常规的吧,世界上到处都有的那种。不过自己的父亲竟成了铜像,也真有些不可思议,你也一样——要是茅崎站前广场竖起你父亲的铜像来,你心里也别扭吧?我父亲原本身材矮小,不料铜像顶天立地,仪表堂堂。当时我心想:世界上眼睛看到的东西都不跟原来的一模一样。那时才五六岁。"

堇暗自思忖,自己的父亲成为铜像说不定反倒显得质朴些,那个人作为血肉之躯未免过于引人注目了。

"接着昨天的话谈,"第二杯蒸馏咖啡上来时,敏开口道,"怎么样,可有意去我那里工作?"

堇想吸烟,但没找见烟灰缸,便转而喝了口冰凉的沛绿雅矿泉水。

堇坦率地说:"你说的工作,具体做什么呢?上次我也说了,除了简单的体力劳动,我从没像模像样工作过。工作时穿的那种衣服一件也没有,婚礼上穿的都是熟人借的。"

敏点了下头,没有改变表情。看来堇的回答在她意料之中。

"听说话大体看得出你是怎样的一个人,想请你做的工作,我想你会愉快胜任的。其他没什么大不了的事情。关键是你想还是不想跟我一块儿工作,只此一点。yes 还是 no,请考虑得单纯些。"

堇字斟句酌地答道:"那么说我当然高兴。可是对现在的我来说,最重要的事无论如何都是写小说,从大学退学为的就是这个。"

敏隔着餐桌目不转睛地看着堇。堇身上感觉到她沉静的视线,脸有些发热。

"让我怎么想怎么说可以么?"敏问。

“当然,尽管说。”

“可能说得你不愉快。”

堇紧紧抿起嘴唇看对方眼睛,意思像是说不碍事。

“我想,眼下你就是再花时间,恐怕也写不出有分量的东西。”敏以温和然而果断的语气说,“你有才华,迟早肯定可以写出精彩的作品。不是奉承话,我打心眼里这么认为。我可以感觉出你身上有那种自然力的存在。但现阶段你还没有准备就绪,不具有打开那扇门的足够的力量。你自己没有过这样的感觉?”

“时间与体验。”堇概括道。

敏微微一笑。“总之,眼下和我在一起好了,我看还是这样合适。不过,如果你觉得时机已到,也用不着客气,一切抛去一边,只管痛痛快快写小说就是。你本来就不是那类灵巧人,要比一般人花更长时间才能真正捕捉到某种决定性的东西。因此,如果到二十八岁还没萌芽,父母切断经济援助就一贫如洗的话,那么一贫如洗也未尝不好。肚皮或许饿瘪一点儿,但对于当小说家来说,那种体验恐怕也是必不可少的。”

堇想表示赞同,开了口却未能顺利出声,遂默默点头。

敏把右手伸到桌子正中:“你也把手伸过来!”

堇伸过右手,敏整个包笼起来似的握住。手心温暖而滑润。

“没什么可担心的,别那么愁眉苦脸。我和你肯定配合默契。”

堇吞下唾液,脸上的肌肉好歹放松下来。给敏这么正面盯视之间,她觉得自己这一存在好像在迅速地萎缩变小,说不定马上会像晒太阳的冰块一样消失不见。

“从下周开始,每周来我事务所三回,周一周三和周五。上午十点来,傍晚四点回去。这样可以错开交通高峰吧?工资倒给得不太高,不过工作本身也不怎么辛苦,没事时看书也无妨。只是每周要去家庭教师那里学两次意大利语。既然会西班牙语,意大利语学起来恐怕不会很吃力。另外,英语口语和开车要找时间练练。能做到?”

“我想能的。”堇答道。但声音好像一个陌生人在另一房间替自己发出来的。无论对方委托什么命令什么,现在的自己都将一口应承下来。敏握住堇的手定定地注视她。堇可以看见自己映在敏黑漆漆的瞳仁里的那鲜亮亮的姿影,仿佛被吸入镜子另一侧的自己的灵魂。堇爱那姿影,同时深感恐惧。

敏微微一笑,眼角现出迷人的皱纹。“去我家吧,有东西想给你看。”

4

大学第一个暑假，我一个人心血来潮地去北陆旅行，和一位同样单独旅行的比我年长八岁的女性在电气列车上相识，过了一夜，当时觉得颇有点像《三四郎》[①]开头的情形。

她在东京一家银行负责外汇工作，休假一批下来，便带上几本书独自外出旅行。“和别人一块走只落得精神疲劳。”她说。她给人的感觉非常不错，不知什么缘故竟对我这个长得豆芽似的沉默寡言的十八岁学生来了兴致。不过，她坐在我对面同我闲聊时，显得十分轻松自然，不时笑出声来。我也得以轻轻松松说了好些话，而这在我是很少有的事。碰巧两人又都在金泽站下车。她问我有没有住的地方，我说没有（当时我还不曾订过旅馆房间）。她说她已在旅馆订好了房间，不妨一起住，“别介意，一个人住两个人住一样付钱。”

由于紧张，我最初的性交做得很笨拙，我向她道歉。

“瞧你,用不着一一道歉的。”她说,“倒挺讲究礼节的。”

她冲罢淋浴,裹着毛巾浴衣,从电冰箱里掏出两罐冰镇啤酒,递给我一罐。

啤酒喝到一半,她忽然想起似的问我:“你开不开车?”

“开的。”我回答。

“怎样,开得可好?”

“刚拿到驾驶执照,好就不怎么好,一般。”

她微微笑道:“我也是。自己倒觉得开得蛮好,可周围人怎么都不承认。所以嘛,也是一般吧。不过你周围有开车开得极好的人吧?”

“是有。”

“相反开得不好的人也有。”

我点点头。她又静静地喝了口啤酒,沉吟片刻。

“在某种程度上,那大概是天生的,称之为才能也未尝不可。有手巧的人,有手笨的人……与此同时,我们身边既有小心翼翼的人,也有不怎么小心的人。是吧?”

我再次点头。

“所以,你稍微想想看:假定你和谁一起开车长途旅行。两人搭档,不时轮换开车。那么在这种情况下,作为对象你选择哪一种呢——车开得好但不怎么小心的人和车开得不怎么好但小心翼翼的人。”

---

①日本作家夏目漱石的小说。

“选后者。”我答道。

“我也一样。”她说,“这种事大约也和那个差不多。善于也好不善于也好,巧也好笨也好,这些都不太重要,我是那样想的。小心翼翼——这才是最重要的。沉下心,小心翼翼地侧耳倾听各种动静。”

“侧耳倾听?”我问。

她笑而不答。

少顷,开始第二次交合。这回非常顺利。心与心的沟通。我好像多少明白了所谓小心翼翼侧耳倾听是怎么回事。性交真正顺利时女性出现怎样的反应也是第一次目睹。

第二天一起吃罢早餐,我们各奔东西。她继续她的旅行,我继续我的旅行。分别时她告诉我自己预定两个月后和单位的同事结婚。“一个极好的人。”她美滋滋地笑着,“相处了五年,总算到了结婚阶段。所以,往后一段时间不大可能一个人旅行了。这次怕是最后。”

我还年轻,以为这样的艳遇在人生中会时不时来上一次。而意识到情况并非如此,则是后来的事了。

很久以前,一次谈什么的时候顺便对堇说了这件事,究竟怎么引起的记不确切了,或者是在谈到性欲表现方式的时候也未可知。总之自己面对提问基本上都会给予直截了当的回答,性格如此。

“故事的要点在哪里呢?”堇当时问道。

“要点就是小心翼翼,想必。”我说,“不要一开始就这样那样把事情定死，而要根据情况老老实实侧耳倾听，让心和脑袋经常保持开放状态。”

堇“唔”了一声，似乎在脑袋里反刍我这不值一提的性冒险逸闻，也可能在考虑如何巧妙地将其写进自己的小说。“反正你的体验是够丰富的了。”

“体验没什么丰富的。”我温和地抗议，“偶然碰上罢了。”

她轻咬指甲，沉思良久。“可这小心翼翼怎样才能做到呢？到了紧急关头，再想小心翼翼、再要侧耳倾听，也不是能立刻做到的吧？能多少说具体些，举例说？”

“首先让心情镇静下来。举例说——数一数什么。”

“此外呢？”

“哦——，不妨想一下夏日午后电冰箱里的黄瓜。当然只是举例说。”

“说不定，”堇停顿一下说，“你总是想着夏日午后电冰箱里的黄瓜同女人做爱的。”

“不是总是。”

“偶一为之。”

“偶一为之。”我承认。

堇蹙起眉，摇几下头。“你这人够怪的，表面上倒看不出。”

“人都有怪地方。”我说。

“在那家餐馆给敏握住手盯视的时间里，我脑袋一直考虑黄瓜来着。心想要沉得住气，要侧耳倾听。”堇对我说。

“黄瓜？”

“以前你对我讲过的夏日午后电冰箱里的冷藏黄瓜，不记得了？”

“那么说，我是讲过的。”我想了起来，“那，可有点用处？”

“有些。”

“那就好。”我说。

堇言归正传。

“敏的公寓就在餐馆附近，走几步路就到。大并不大，但很漂亮。洒满阳光的阳台，盆栽的赏叶植物，意大利皮沙发，一流的音响，配套的版画，停车场的‘美洲虎’。她一个人住在这里。同丈夫一起住的房子位于世田谷的什么地方，周末回去。平时就一个人吃住在青山的公寓房间里。你猜在那房间里她让我看什么来着？”

“装在玻璃展柜里的马克·鲍兰最心爱的蛇皮凉鞋——摇滚乐发展史上必不可少的珍贵遗物。一片鳞都没有剥落。没沾土的部位有本人签名。追随者们一见神迷。”

堇皱起眉头叹了口气：“要是有以无聊玩笑为燃料行驶的汽车发明出来，你大概能跑很远。”

“不过嘛，智能枯竭这种事世上也是存在的。”我谦虚道。

“OK，这且不论，现在你好好想想看：我在那里看到了什么？猜中了,这儿的账我来付。”

我干咳一声说:“给你看了你现在穿的豪华套装,让你穿这个上班。”

“中。”堇说,“她有个身材和我差不多的好友,那人极有钱,衣服多得不得了。世界也真是莫名其妙,既有衣服多得立柜装不下的,又有我这样袜子都左右不配对的。不过算了,这个。总之她去那位好友家里为我讨了一抱‘多余’的衣服回来。细看能看出多少有点过时,但一般看不出来吧?”

怎么看都看不出来,我说。

堇满意地笑了:“尺寸谜一样正相吻合。连衣裙、衬衫、半身裙,什么都正好。只是腰围尺寸要收紧一点点,但扎上皮带也就不成问题了。鞋嘛,碰巧和敏的大致相同,就把她不要的鞋拿了几双来,高跟的,低跟的,夏天的凉鞋……全是带意大利人名字的。还顺手牵羊讨了手袋,化妆品也稍带一点儿。”

“活像《简·爱》。”我说。

如此这般,堇每周去敏的事务所三次。她身穿连衣裙,脚蹬高跟鞋,甚至化了淡妆,乘通勤电车从吉祥寺赶到原宿站。我怎么都难以置信她居然好端端地赶上了上午的电车。

除了赤坂公司里的办公室,敏还在神宫前开有自己的小事务所。

那里只有敏的办公桌和助手(即堇)的办公桌,只有文件柜、传真机、电话机和便携式电脑。一个房间,带有近乎敷衍性质的小厨室和淋浴室。CD唱机有,小音响有,西方古典音乐CD有一打。房间位于三楼,窗口朝东,可以望见外面的公园。一楼是北欧进口家具展销厅。位置距主要街道稍拐进一点,街上的噪音几乎传不过来。

一到事务所,堇就给花换水,用咖啡机做咖啡,然后听录音电话里的口信,确认便携式电脑里的伊妹儿。若有伊妹儿进来,便打印好放在敏桌子上。大多是外国公司和代理商发来的,差不多不是英语就是法语。有邮件便启封,显然没用的扔掉。电话一天有几个打进,也有外国来的。堇问清对方的姓名和电话号码,有事问什么事记录下来,转到敏的手机上。

敏一般下午一时到二时之间来事务所,待一个小时左右,给堇以必要的指示,喝咖啡,打几个电话。有需要回的信便口述让堇打在文字处理机上,或直接发伊妹儿,或用传真发出。大多是内容简单的事务性信函。也有时候堇为她预约美容室、餐馆和壁球场次。这些大致处理完毕,敏和堇闲聊几句,之后便又跑到哪里去了。

堇一个人留守事务所,几小时都不和人说话的时候也是有的,但全然不觉得寂寞或无聊。她复习每周请人教两次的意大利语,记不规则动词变化,用录音机校正发音。学习电脑功能,简单故障已经可以排除了。打开硬盘里的信息,把敏着手做的主要工作内容装进脑袋。

敏的业务,大体如她在婚宴上说的那样。她同外国(法国为主)小葡萄酒制造商签订了独家代销合同,进口葡萄酒,批发给东京的饭店和专卖店。有时也染指西方古典音乐演奏家的招聘工作。当然,负责复杂的实际操作的是专业性大代理商,她所做的是策划和最初阶段的安排。敏最拿手的是发现还不怎么叫座的年轻而有才华的演奏家,把他请来日本。

堇不清楚敏的这种"个人事业"有多少利润可赚。一来财务软件像是单独保管的,二来软件里有的东西没有密码打不开。不管怎样,只消能同敏说话,堇就按捺不住兴奋,胸口跳个不停。她在心里念道:这是敏坐的椅子,那是敏用的圆珠笔,那是敏喝咖啡的杯子。敏交代的事,哪怕再小她也尽心竭力。

敏不时邀她一块儿吃饭。出于葡萄酒业务需要,敏要定期转一转有名的餐馆,将种种信息输入脑袋。敏总是点白肉鱼(偶尔点鸡,剩下一半),不要甜食。葡萄酒目录单研究得很细,最后选定波尔多,但本人只饮一杯。"你随便喝好了!"敏说。可堇就是再能喝,一个人也喝不了多少。因此,昂贵的波尔多葡萄酒总有一多半剩下,敏却不甚在意。

"两人要一瓶波尔多不太浪费了?一半都喝不掉。"一次堇对敏说。

"不怕的,那。"敏笑道,"葡萄酒这东西,剩得越多,店里能品尝到的人越多:从斟酒员、领班到最下面倒水的人。这样,大家都可以记住葡萄酒的味道。所以,点高级葡萄酒剩下算不得浪费。"

敏端详了一会一九八六年酿造的梅多克[①],从多个角度认真品尝一番,俨然在琢磨文章的风格。

“凡事都是这样——归根结蒂,最管用的是开动自家双腿掏自家腰包来学,而不是书本上得来的现成知识。”

堇拿起酒杯,学敏的样子小心翼翼啜一口葡萄酒,送入喉咙深处。沁人心脾的余味在口中滞留数秒,旋即像夏天树叶上的晨露蒸发一般利利索索地消失了。这么着,舌头得以作好品尝下一口菜的准备。每次同敏一起吃饭交谈,堇都有所收获。在自己有那么多不懂的东西这一事实面前,堇不能不感到惊愕,也只有惊愕而已。

“这以前,我一次也没考虑过要成为自己以外的什么人。”一次,也是因为比以往稍稍多喝了一点儿葡萄酒的关系,堇毅然向敏说出心里话,“但现在有时很想成为你那样的人。”

敏一时屏住呼吸。随后像改变主意似的拿过葡萄酒杯,凑到唇边。由于光线的作用,一瞬间她的眸子仿佛染上了葡萄酒的深葡萄色,平日微妙的表情从她脸上遁去。

“你恐怕还不了解我,”敏把酒杯放回桌面,以平和的语调说道,“这里的我不是**真正的我**。距今十四年前,我成了真正的我的一半。如果在我还是原原本本的我的时候见到你,那是多么好啊!可事到如今,怎么想都没用了。”

---

①法国西南部有名的葡萄酒产地。

堇大为意外，一时目瞪口呆，以致当时理应问的都错过机会没问——十四年前她到底发生了什么？为什么成了“一半”？“一半”究竟怎么回事？结果这谜一般的话语更加深了堇对敏的向往之情。好一个奇女子！

通过断断续续的日常交谈，堇得以把握了关于敏的几点情况。敏的丈夫是日本人，年长五岁，曾在汉城大学经济系留学两年，讲一口流利的韩语。为人宽厚，极有工作能力，实际上是他在给敏的公司掌舵。虽说公司里族人多，但讲他的坏话的人一个也没有。

敏幼年时钢琴就弹得好。十几岁时，已在以少年音乐家为对象的几个比赛上获得了最佳演奏奖。其后进入音乐大学接受名师指导，继之被推荐赴法国的音乐学院留学。从舒曼、门德尔松等后期浪漫派到弗兰克、拉威尔、普罗科菲耶夫等，她都是节目演奏的中心人物。感觉敏锐的音色和无懈可击的技巧是她制胜的法宝。学生时代就举办了几场音乐演奏会，反响也好。作为钢琴演奏家的前程在她眼前光闪闪地铺展开去。但是，也是因为留学期间父亲病情恶化，她合上钢琴盖回国了。自那以来手再没碰过琴键。

“怎么好那么轻易放弃钢琴呢？”堇不无顾虑地问，“不想说，不说也可以。可怎么说呢，我是觉得有点费解。毕竟在那以前你为当钢琴家牺牲了很多很多嘛，是吧？”

敏声音沉静地说：“我为钢琴所牺牲的不是**很多很多**，是所有一切,自己成长过程中的一切。钢琴要求我付出我的全部血肉作为供品,而对此我从没说出半个不字,一次也没有。”

“既然这样,放弃钢琴就不觉得可惜?都已到了只差一步的地步。”

敏像是反要对方回答似的定定地注视堇的眼睛,视线很有穿透力。一对瞳仁的底部,犹如急流中的深渊似的捉对翻卷着几道无声的波澜,而其复原尚需一点时间。

“问多了,对不起。”堇道歉。

“哪里。只是我表达不好。”

这个话题在两人之间再未提起。

敏在事务所里禁烟,不喜欢别人当着自己的面吸烟,所以堇开始工作后不久便决心戒烟,但进展颇不顺利,毕竟以往一天吸两包万宝路来着。此后过了一个月,她像被剪掉长拖拖大尾巴的动物似的失去了精神平衡(虽然很难说这本是赋予她性格特征的一项资质)。理所当然,她时不时深更半夜会打来电话。

“想的全是烟。睡不实,一睡就做噩梦,不争气的便秘也来了,书看不下去,文章更是一行也写不出。”

“这情形戒烟时谁都要碰上,多多少少,一时半时。”我说。

“说别人怎么说都容易。”堇接道,“首先你生来就没吸过烟,不是吗?"

"如果说别人都不容易,这世界可就阴冷透了危险透了。"

堇在电话另一端久久沉默,东部战线的亡灵们搬来的那种滞重的沉默。

"喂喂,"我招呼道。

堇这才开口道:"不过说实在话,我写不出东西恐怕不完全是戒烟的缘故。当然那是其中一个原因,但不全是。或者说戒烟似乎成了一种辩解——'写不出来是戒烟的关系,没办法啊'。"

"所以格外气恼?"

"算是吧。"堇少见地坦率承认,"而且不光是写不出来,最叫人不好受的,是对于写作这一行为本身不能像以前那样充满自信了。回头看一下前不久写的东西也觉得毫无意思,连自己都不得要领,不知想要说什么,干巴巴的。感觉上就像从远处看刚刚脱下的臭袜子一下子掉在地板上。想到自己花那么多时间和精力特意写这种货色,活都懒得活了。"

"那种时候,只要半夜三点多打电话,把坠入平和而有符号意味的梦乡的某个人象征性地叫起来就行了嘛!"

"我说,你可曾感到迷惘:不知自己所做的对还是不对?"

"不迷惘的时候反倒少有。"我说。

"真的?"

"真的。"

堇用指甲“喀喀”叩击前门牙。这是她想东西时的坏毛病之一。“说实在的,这以前我压根儿没有那种迷惘。倒不是说对自己有信心或坚信自己有才华什么的,不是那样。我也没傻乎乎傻到那步田地。我晓得自己做事虎头蛇尾、我行我素。但迷惘不曾有过。误差虽然多少有,但总体上还是相信自己在朝正确方向前进。”

“迄今为止是幸运的哟,”我说,“单纯而又单纯,就像插秧时节喜降甘霖。”

“或许。”

“可是最近不然。”

“是的,最近不然。不时觉得自己过去一直在干驴唇不对马嘴的事,心里怕得不行。半夜做梦活龙活现的。猛然睁眼醒来,好半天搞不清那是不是现实——这种事是有的吧?正是这样一种感觉。我说的,你明白?”

“我想是明白的。”我说。

“有可能我再写不出小说了,近来常这样想。我不过是到处成群结队的不谙世事的傻女孩里的一个,自我意识太强,光知道追逐不可能实现的美梦。我恐怕也该赶快合上钢琴盖走下舞台才是,趁现在为时不晚。”

“合上钢琴盖?”

“比喻。”

我把听筒从左手换到右手。“我可是坚信不疑,你不信我也信:你总有一天会写出光彩夺目的小说来。这点从你写完的东西里看得出来。”

“真那样认为?”

“打心眼里那么认为,不骗你。”我说,“这种事情上我是不说谎的。以前你写的东西里边有很多部分光芒四射,给人以深刻印象。例如看了你描写的五月海边,就能听到风声,就能嗅到潮汐味儿,就能在双臂感觉到太阳的丝丝暖意。再例如读了你描写的笼罩着香烟味儿的小房间,呼吸就真的变得不畅,眼睛就开始作痛。而这类活生生的文章并不是谁都能写出来的。你的文章中有自然而然的流势,就像文章本身在呼吸在动一样。只是眼下还没有浑融无间地连成一体,大可不必合上钢琴盖。”

堇沉默了十五至二十秒。“不是安慰,不是仅仅鼓励什么的?”

“不是安慰不是鼓励,是显而易见的强有力的事实。”

“一如伏尔塔瓦河?”

“一如伏尔塔瓦河。”

“谢谢。”

“不客气。”我说。

“你这人,有时候还真亲切得不得了,就像圣诞节和暑假和刚出生的小狗仔遇在一起似的。”

我又支支吾吾地道出一句没头没脑的话来——受人夸奖的时候我总是这样。

“偶尔我心里犯嘀咕，”堇说，“你不久也要同某个地地道道的女人结婚，把我忘得干干净净的。那一来，我半夜可就不能随心所欲地打电话了。是吧？”

“有话光天化日下打嘛。”

“白天不行的。你还**什么都**不明白啊！”

“你才**什么都**不明白。世上绝大多数人都在太阳下劳动，半夜里熄灯睡觉。”我抗议道。但这抗议听起来颇有在南瓜地正中央小声自言自语的牧歌韵味。

“最近报纸上报道来着，”堇压根儿没理会我的发言，“喜欢同性恋的女性，一出生耳朵里一块骨头的形状就同一般女性的有着决定性差异。骨头很小，名称挺不好记的。就是说，同性恋不是后天倾向，而是遗传性质。是美国医生发现的。他出于什么缘由搞这项研究自然不好判断，但不管怎样，那以来我就开始耿耿于怀了，总琢磨耳朵里那块惹是生非的骨头，琢磨我那块骨头是什么形状。”

我不知说什么合适，遂默不作声。广大无边的平底锅里洒上新油时那样的沉默持续好一阵子。

我开口道：“你在敏身上感觉到的是性欲这点不会有错？”

“百分之百没错。”堇说，“一到她面前，耳朵里的骨头就咔咔作响，像用薄贝壳做的风铃。而且有一股想被她紧紧搂抱的欲望，想把一切都交付给她。如果说这不是性欲的话，我血管里流淌的就是番茄汁。”

我“唔”了一声。无法回答。

“这么一想，以前好多问题就不难得出答案——为什么我对同男孩做爱没兴致啦，为什么毫无感觉啦，为什么老是觉得自己和别人哪里不一样啦……”

“谈一点意见可以吗?”我问。

“当然可以。”

“以我的经验而言，过于顺利地解释一切——道理也好理论也好——其中必有陷阱。有一个人说过，如果用一本书就能解释，那么还是不解释为好。我想说的是:最好不要太急于扑到结论上去。”

“记住就是。”堇说罢挂断电话，挂得未免唐突。

我在脑海中推出堇放回听筒走出电话亭的情景。钟的时针指在三时半。我去厨房喝了杯水，折回床上闭上眼睛。但睡意迟迟不来。拉开窗帘，白光光的月如懂事的孤儿一般不声不响地浮在夜空。看来怎么也睡不成了。我新做了杯浓咖啡，把椅子移到窗边坐下，吃了几片夹有奶酪的咸饼干，然后一边看书一边等待黎明的到来。

5

简单谈谈我自己吧。

当然,这是堇的故事,不是我的故事。但既然通过我的眼睛来讲堇这个人、讲堇的故事,那么在某种程度上说一下我是谁就是必要的了。

问题是,在准备谈自己的时候,我每每陷入轻度的困惑之中,每每被“自己是什么”这一命题所附带的古典式悖论拖住后腿。亦即,就纯粹的信息量而言,能比我更多地谈我的人这个世界任何地方都是不存在的。但是,我在谈自己自身的时候,被谈的自己势必被作为谈者的我——被我的价值观、感觉的尺度、作为观察者的能力以及各种各样的现实利害关系——所取舍所筛选所限定所分割。果真如此,被谈的“我”的形象又能有多少客观真实性呢?对此我非常放心不下,向来放心不下。

但是,世间大多数人看上去对这种恐怖或不安几乎都无动于衷,一有机会就想以惊人坦率的语句谈论自己，诸如说什么“我这人心直口快，不会拐弯抹角，傻瓜似的”、“我这人敏感脆弱，和世人打不好交道”、“我这人专会洞察人心”等等。然而，我多次目睹“敏感脆弱”的人无谓地伤害他人，多次目睹“心直口快”的人不自觉地再三强调于己有利的歪理，多次目睹“专会洞察人心”的人为并不难看穿的表面奉承所轻易欺骗。如此看来，事实上我们对自己到底又了解什么呢！

凡此种种，我越想就越不愿意谈及自己本身（即便有谈的必要）。相比之下，我更想就我这一存在之外的存在了解尽可能多的客观事实。我想通过知晓那种个别的事和人在自己心目中占怎样的位置（一种分布），或者通过保持已然包含这些的自己的平衡，来尽量客观地把握自己这一人之为人的存在。

这是十岁至二十岁期间我在自己心中培育起来的视点，说得夸张些，即世界观。我像瓦工照着绷得紧紧的准线一块块砌砖那样，将上述想法在自己心中堆积起来。与其说是逻辑性的，莫如说是经验性的；与其说是思维性的，莫如说是务实性的。但将这种对事物的看法深入浅出地讲给别人听是很困难的——种种场合让我深深领教了这一点。

或许由此之故，从思春期中期某个节点开始，我便在自己同他人之间画了一条肉眼看不见的分界线。对任何人都保持一定距离，在既不接近亦不远离的过程中观察对手的动向。众口一词之事自己也不囫囵吞枣。我对于世界毫无保留的激情，仅仅倾注在书本上和音乐中。这样——也许在所难免——我成了一个孤独的人。

我在一个普普通通的家庭出生长大。由于太普通了，简直不知从何说起。父亲从地方上的一所国立大学理学院毕业出来，在一家大型食品公司的研究所工作，爱好是打高尔夫球，周日常常去高尔夫球场。母亲偏爱短歌[①]，时常参加聚会。每当名字出现在报纸短歌专栏，情绪便好上一段时间。喜欢打扫房间，不喜欢做菜。比我大五岁的姐姐两样都不喜欢，认为那是别的什么人干的事。所以，我在能进厨房之后，便自己做自己吃的东西。买烹饪方面的书回来，一般东西都做得来。这样做的孩子除我没第二个。

出生是在杉并，小时全家搬到津田沼，在那里长大。周围全是同一类型的工薪家庭。姐姐学习成绩出类拔萃，也是性格使然：不名列前茅誓不罢休。徒劳无益的事从来不做，连领家里养的狗出去散步都不曾有过。东大法学院毕业，翌年取得律师资格。丈夫是经营咨询顾问，人很能干。在代代木公园附近一座漂亮的公寓买了四室套间，可惜房间总是乱七八糟，猪圈一样。

我和姐姐不同，对学校里的学习全然提不起兴致，对成绩排名也不感兴趣。只是因为不愿意给父母说三道四，便义务性地到校上课，完成最低限度的预习和复习。剩下时间参加足球部活动，回到家就歪在床上没完没了地看小说。不去补习学校，不请家庭教师。尽管这样，学校里的成绩也并不很差，或者不如说算好的。心想若是这样，不备战高考

①日本传统诗歌（和歌）的一种体裁，五句三十一字（音节）。

估计也能考上一所较为不错的大学。果真考上了。

上了大学,我设法租了一间小宿舍开始独立生活。其实在津田沼的家里时,记忆中也几乎没同家人和和气气地说过话。在同一屋顶下生活的父母和姐姐是怎样的人,其人生追求是什么,对此我几乎不能理解。他们想必也同样,对我是怎样一个人,以及我的人生追求是什么也几乎不能理解。说起来,连我自己都不大清楚自己的人生追求是什么。看小说倒是喜欢得非常人可比,但并不认为自己具有足以成为小说家的写作才能。而若当编辑和批评家,自己的倾向性又过于偏激。对我来说,小说纯属满足个人愉悦的东西,应与学习和工作区分开来,悄悄放去别处。所以,大学里我选的专业是史学而不是文学。倒也不是一开始就对历史有什么特殊兴趣,但实际学起来,觉得原来竟是一门令人兴味盎然的学问。话虽这么说,却又没心思直接考研究生院(事实上指导教授也这么建议来着)献身史学研究。我固然喜欢看书喜欢思考,但归根结蒂并非适于做学问的人。借用普希金诗句,那便是:

各国历史事件——
　　一座高耸的灰山
我不想在那上面
　　东觅西寻

(《叶甫盖尼·奥涅金》)

虽说如此,又不想在一般公司找个饭碗,在不知其所止的激烈竞争中挣扎求生,不想沿着高度发达的资本主义社会的金字塔斜坡步步登攀。

这样,经过采用所谓减法式程序,最后选择当教师。学校离我住处坐电车几站远。那个市的教育委员会里正好有我一个叔父,问我说当小学教师怎么样。因有师范课程问题,一开始当代课教员,经过短期函授教育,即可取得正式教员资格。本来我并未想当教师。但实际当起来,对这个活计便怀有了超过预想的深深的敬意和热爱。或者作为表达,不如说碰巧发现了怀有深深的敬意和热爱的自己更为准确。

我站在讲台上,面向学生讲述和教授关于世界、生命和语言的基本事实,但同时也是通过孩子们的眼睛和思维来向自己本身重新讲述和教授关于世界、生命和语言的基本事实。只消在方法上动动脑筋,即可成为新鲜而又有发掘余地的作业。我也因之得以同班上的学生、同事以及学生家长大体保持良好关系。

尽管如此,也还是剩有一个根本性疑问:我是什么?我在追求什么?我要往哪里去?

同堇见面交谈的时间里,我能够感觉出——最为真切地感觉出——自己这个人的存在。比之自己开口,我更热心于倾听她的讲述。她问我各种各样的问题,求我给予回答。不回答就表示不满;而若回答不实际有效,又动真格地气恼。在这个意义上,她和其他很多人都不同。堇从内心深处寻求我对其提问的见解。所以,对于她的提问我开始给予一丝不苟的回答,并通过这样的问答来向她(同时也向我本身)袒露更多的自己。

每次同堇见面,我们都长时间交谈,百谈不厌,话题源源不断。我们比那一带任何恋人都谈得忘情谈得亲密——关于小说,关于世界,关于风景,关于语言。

我总是在想:若能同她成为一对恋人该是何等美妙!我渴望以我的肌肤感受她的体温。如果可能,甚至想同她结婚,共同生活。然而,堇对于我并不怀有爱恋感情以至性方面的兴趣,这点大体无误。她来我住处玩,谈得晚了偶尔也就势住下。但其中不含有一丝一毫的微妙暗示。半夜两三点一到,她便打着哈欠钻到我床上,脑袋沉进我枕头,转眼睡了过去。我则把褥垫铺在地板躺下,却无法顺利成眠,在妄想、迷惘、自我厌恶以及不时袭来而又无可回避的肉体反应的折磨下,眼睛一直睁到天亮。

她几乎(或者完全)不对作为男性的我怀有兴趣是个事实。而将这一事实接受下来当然并非易事。在堇面前,我不时感到尖刀剜肉般的深切的痛。但无论堇带来怎样的痛苦,同堇在一起的一小段时间对我也比什么都宝贵。面对堇,我得以——尽管是一时的——忘却孤独这一基调,是她扩展了一圈我所属世界的外沿,让我大口大口地呼吸。而做到这一点的唯堇一人。

所以,为了缓解痛苦和回避危险,我便同其他女性发生肉体关系。

我想这样大约可以不使性的紧张介入自己同堇的关系之中。在一般意义上,我并不能得到女性青睐,不具有得天独厚的男性魅力,又没什么特殊本事。但不知什么原因(我自己也不大清楚)某种女性对我有兴趣,有意无意地同我接近。一次我发现,只要因势利导地抓住这样的机会,同她们发生性关系并非什么难事。其中虽然找不到堪称激情的东西,但至少有某种愉悦之感。

同其他女性有性关系这点,对堇我没有隐瞒。具体的没有告诉,但大致情况她是晓得的,而她并未怎么介意。若说其中有什么问题的话,那便是对方全部比我年纪大,或有丈夫或有未婚夫或有确立关系的恋人。最新的对象是我班上一个学生的母亲,每个月我和她偷偷睡两三次。

这样下去,早晚要你命的哟——堇这样提醒过我一次。我也有同样的担心,但我别无选择。

七月第一个周六有郊游活动。我领全班三十五人去奥多摩爬山。活动一如既往地在兴高采烈中开始,在兵荒马乱中结束。到山顶才发觉,原来班上有两个学生背囊里忘了装盒饭,周围又没有小卖店。无奈,我把学校发给我的紫菜饭团分给两人各一半,自己就没吃的了。有人分给我一粒奶油巧克力,从早到晚入口的便只有这巧克力。另外,有个女孩儿说再也走不动了,只好背她下山。两个男孩儿半开玩笑地抓打起来,摔倒时不巧头碰在了石头上,引起轻度脑震荡,流出大量鼻血。

大乱子虽然没出，但那孩子身上的衬衣像惨遭一场大屠杀一般弄得血迹斑斑。

如此这般，我累得如旧枕木一般回到宿舍。洗澡，喝冷饮，不思不想地歪身上床，熄灯，坠入香甜的梦乡。这当儿堇打来电话，看枕边闹钟，才睡了一小时多一点点。但我没发牢骚。筋疲力尽，连发牢骚的气力都没有了。这样的日子也是有的。

“喂，明天下午能见面？”她说。

傍晚六时有一名女子来宿舍找我。在稍离开些的停车场停住红色的丰田“赛力佳”，按响我房间的门铃。“四点前得闲。”我简洁地说。

堇上身是无袖白衫，下穿藏青色超短裙，戴一副小巧的太阳镜。饰物只有一个小小的塑料发卡。打扮非常简练，几乎没化妆。她差不多总是把本来面目展示给世界。但不知为什么，一开始没能一下子看出是堇。上次见面至今不过三个星期，而隔桌坐在眼前的她看上去竟同以前判若两人，属于另一世界。十分保守地说来，她已变得十分妩媚。有什么东西在她身上盛开怒放了。

我点了小杯生啤，她要了葡萄汁。

“最近的你，一次见面一个样，越来越难认了。”我说。

“正赶上那种时期。”她用吸管吸着果汁，像说与己无关的事。

“怎么一种时期？”我试着问。

“呃——，怕是迟来的思春期那样的玩意儿吧。早晨起来照镜子，看上去有时成了另一个人。弄不好,很可能被我自身丢在一旁不管。”

“索性径自前行不就得了?”我说。

“那,失去我自身的我到底该去哪里呢?”

“两三天的话可以住我那里。若是失去你自身的你,随时恭候光临。”

堇笑了。

“先别开玩笑了。”她说,“你猜我准备去什么地方?”

“猜不出。不管怎样,反正你戒了烟,穿了洁净衣服,左右一致的袜子也套在脚上了,意大利语也会说了,葡萄酒的挑选要领也记住了,电脑也会用了,也算开始夜睡晨起了——不是在朝着什么方向前进吗!”

“而且小说依旧一行没写。”

“任何事物都有好坏两个方面。”

堇扭起嘴唇:“你说,这个样子,不算是一种变节?”

“变节?”一瞬间我弄不大清变节的含义。

“是变节,就是改变信念和主张。”

“指你工作了,打扮漂亮了,不再写小说了?”

“嗯。”

我摇头道:“这以前你是想写小说才写的,不想写就不必写。也不是说因为你放弃小说写作而有个村庄焚毁一尽,有条船沉没水底,潮涨潮落发生紊乱。革命也没推迟五年。谁能把这个称为变节呢?”

“那怎么称呼好?”

我再次摇头。“我这么说,也许只是因为最近谁都不再使用‘变节’这个词了,因为这个词早已落伍报废了。若去某个硕果仅存的什么公社,有可能人们仍称之为变节,详情不得而知。我明白的只是:如果你什么都不想写,就没必要硬写。”

“公社可是列宁创建的那个劳什子?”

“列宁创建的是集体农庄,大概一个也不剩了。”

“也不是说不想写,”堇略一沉吟,“只是想写也横竖写不出来。坐在桌前脑袋里也一片空白,构思啦词句啦场景啦踪影皆无。就在不久前还满脑袋想写的东西,装都装不下。到底发生了什么呢?”

“问我?”

堇点点头。

我啜了口凉啤酒,梳理思绪。

“估计你现在是想把自身安置在一个虚构的框架里,为此忙来忙去,没了以文章这个形式表现自己心情的必要,肯定。或者说没有了时间?”

“不大清楚。你怎么样?也把自身放在一个虚构框架里?”

“世上差不多所有人都把自己本身放在一个虚构框架里,我当然也不例外。想一下汽车上的变速齿轮好了,那就和放在同粗暴的现实世界之间的变速齿轮差不多。外部冲击力袭来时,用齿轮巧妙地加以调整,使之变得容易接受,从而保护容易受伤害的血肉之躯。我的意思你明白?”

堇微微点了下头。“大致。而且我还没有完全适应虚构的框架。你想说的是这个吧?”

“关键问题是你本身还不知道那是怎样的虚构框架。情节不清楚,文体没定下,晓得的仅仅是主人公姓名。尽管如此,仍要把你这个人**现实性地**改头换面。时间再过去一些,那新的虚构框架恐怕就会正常运作起来保护你,你也可能发现新的天地,但眼下还不行。自然,里面存在危险。”

“也就是说,我虽然拆下了原来的变速齿轮,但新的齿轮还正在上螺丝,而引擎只管呼呼转个不停。是这么回事吧?”

“怕是。”

堇现出平时那副苦相,用吸管尖久久地戳着可怜的冰块,然后抬头看我。

“里面有危险这点我也明白。怎么说好呢,有时心慌得不行,怕得不行,就像那框架被人一下子拆个精光,又像在没有引力拖拽的情况下被孤单单地放逐到漆黑的太空,自己朝哪边移动都稀里糊涂。”

“好比失去联系的斯普特尼克?”

“或许。”

“可你有敏。”我说。

“目前。”

沉默持续有顷。

我问:“你认为敏也在寻求**那个**?”

堇点头:“我认为她也的确在寻求那个,恐怕同我一样强烈。”

“生理领域也包括其中吧?”

“不好说。那还没把握住——我指的是她那方面。这弄得我晕晕乎乎,头脑混乱。”

“古典式混乱。”我说。

堇没有回应,只把紧闭的嘴唇约略扭了一下。

“你这方面已准备妥当?”

堇点了一下头,用力的一下。她很认真。我整个靠在椅背上,手抱在脑后。

“可你别因此讨厌我哟!”堇说。声音从我的意识外围传来,活像让·吕克·戈达尔[①]旧黑白电影里的台词。

“就算那样我也不会讨厌你的。”我说。

下次见堇是两周后的周日,我帮她搬家。突然决定要搬,帮忙的只我一个。除了书,别的东西才一点点,倒不费事。贫穷至少有一个好的侧面。

我从熟人那里借来一辆丰田客货两用车,把东西运到代代木上原堇的新居。公寓不怎么新也不怎么气派,但是同不妨称为历史遗物的吉祥寺那木屋相比,算是飞跃性进化了。是敏一个要好的不动产商给

①法国电影导演(1930—)。

找的，地段方便，房租又不高，窗外景致也够可以。房间面积大了一倍。值得一搬。邻近代代木公园，上班想走路也未尝不可。

"下个月开始每周干五天。"堇说，"一周三天总好像人在半途，每天都上班反倒痛快。敏也说，房租也比以前多少高了，从各方面来看恐怕也还是成为正式职员有好处。反正眼下在家也什么都写不出来。"

"或许不赖。"我说。

"每天都干，不管愿意不愿意，生活都变得有规律了，也不至于半夜三点半往你那里打电话了。这也是好处之一。"

"而且是天大的好处。"我说，"只是有点寂寞，毕竟你住得离国立远了。"

"真那么想？"

"还用说。恨不得把这颗毫无杂质的心掏给你看。"

我坐在新房间裸露的木地板上，背靠着墙。由于家具什物严重不足，房间空荡荡的，缺乏生活气息。窗口无窗帘，书架摆不下的书如知识难民一般堆在地板上。唯独挂在墙上的真人大小的崭新的镜子甚是显赫，但那是敏送给她的搬家礼物。黄昏的风送来公园乌鸦的啼声。堇挨我坐下，朝我"喂"一声。

"嗯？"

"即使我成了神经兮兮的同性恋者，你也能一如既往做我的朋友？"

"就算你成了神经兮兮的同性恋者，那个和这个也是两码事。没了你，我的生活就像是没有《大刀麦克》的《鲍比·达林精选集》一样。”

堇眯起眼睛看我的脸，“比喻的具体内容我还琢磨不透，不过就是说非常寂寞喽?”

“在所难免吧。”我说。

堇把头搭在我肩上。她的头发用发卡别在脑后，露出形状娇好的小耳朵，简直就像刚生成似的。一对柔软的、容易受伤的耳朵。我的肌肤可以感觉出她的呼吸。她身穿粉红色小短裤和褪色的藏青色无花T恤。T恤上面凸显出小小的乳峰。有一股微微的汗味儿。那是她的汗，又是我的汗，二者微妙地掺和在一起。

我很想扳过堇的身子，就势把她按倒在地板上。一股强烈的冲动劈头盖脑地压来。但我知道那是徒劳的，即使那样也哪里都抵达不了。感觉是那样压抑和痛苦，仿佛视野陡然逼仄起来。时间迷失了出口，原地转来转去。裤子里欲望膨胀，石一般硬。我不知所措，心乱如麻，勉强端正姿势坐好。我往肺里深深送入新的空气，闭目合眼，在茫无头绪的黑暗中缓慢地数数。我所感受的冲动委实过于汹涌，眼睛甚至渗出了泪水。

“我也喜欢你的。”堇说，“茫茫人世，最喜欢的是你。”

“位居敏之后吧。”

“敏有点不同。”

“如何不同?”

“我对她怀有的感情,种类同对你的不一样。就是说……怎么说好呢?”

“莫名其妙的性变态分子的凡庸的我们,拥有至为便利的表达方式。”我说,“这种时候不妨一言以蔽之:‘勃起’。”

堇说道:“除了想当小说家的愿望,对于人生我还从来没有热切地寻求过什么。我一直对手中已有的东西心满意足,别无他求。但是现在、此时此刻,我希望得到敏,迫不及待地。想把她弄到手,归自己所有,我不能不这样。这里根本不存在其他选择,事情怎么成了这个样子呢？自己都摸不着头脑。你说,该是这个样子的?”

我点点头。我的阳物仍未失去其无坚不摧的硬度,但愿堇觉察不到。

“格鲁乔·马克思[①]有一句绝妙的台词,”我说,“‘她对我一往情深,以致前后左右都无法分清,而这正是她热恋我的理由!’”

堇笑了。

“但愿进展顺利。”我说,“不过最好多加小心。你还没有得到充分保护,这点别忘记。”

堇一声不响地拉起我的手,轻轻一握。手软软的小小的,津津地渗出汗来。我想象这只手触在我硬硬的阳物上加以爱抚的情景。想控制

①美国喜剧演员(1890—1977)。

住不想也不行,不容我不想。如堇所说,这里根本不存在其他选择。我想象自己的手脱去她的T恤解开她的短裤拉掉她的三角裤的情景,想象自己舌尖上的她硬实的乳峰的感触。然后分开她的双腿,进入湿润的缝隙,一直缓缓探到黑暗的最底部。那里诱导我、拥裹我,并要把我挤出……我无论如何也不能中止这非分之想。我再次紧紧闭起眼睛,熬过一团漆黑的时间。我脸朝下,静等热风吹过头顶。

堇邀我一起吃晚饭。但这天我必须赶去日野还客货两用车。而且,更迫切的是我想争分夺秒地同我的汹涌欲望单独相守。我不想把作为血肉之躯的堇进一步卷入其中。在她身边我能自控到什么地步,对此我没有信心。我甚至觉得,一旦越过某个临界点,自己恐怕很难再是自己。

"那么,过几天好好招待你一次晚饭,带桌布和葡萄酒的那种。大概下周吧。"告别时堇向我承诺。"所以周末要给我留出时间。"

我说留出就是。

从真人般大小的镜子前走过时不经意地看了一眼,里面有我的脸。脸上的表情有点怪异。那分明是我的脸,却不是我的表情。可又懒得特意折回细看一遍。

她站在新居门口送我离去,还少见地招招手。但归根结蒂,如同我们人生中的许多美好承诺一样,那顿晚餐的承诺也未兑现。八月初,我接到堇一封长信。

6

信封上贴一枚大大的彩色意大利邮票。邮戳为罗马,日期辨认不清。

这天我去了久违的新宿,在纪伊国屋书店买了几本新出的书,进电影院看了吕克·贝松的电影,在啤酒屋吃了鳀鱼比萨饼,喝了一中扎黑啤,然后在交通高峰到来之前乘上中央线电车,翻着新买的书赶往国立。我打算先做简单的晚饭,再看电视上的足球比赛。理想的暑假过法。热,孤独,自由,不打扰谁,不受谁打扰。

回到宿舍,门口信箱有一封信。虽然没写寄信人姓名,但一看字就知道是堇来的。字很象形,密密、黑黑、硬硬,一副不妥协的架势,使人联想到不时在埃及金字塔发现的昔日小小的甲壳虫,就好像即刻要爬动起来,径自返回历史的幽冥中。罗马?

我首先把回来路上在超市买的食品放进电冰箱,整理一下,用大号杯倒了杯凉茶喝了。之后坐在厨房椅子上，用手旁的水果刀划开封口看信。印有罗马 Execlsior 饭店的五张信笺上，满满写着蓝墨水小字。写这么多，想必花了不少时间。最后一张的一角有个什么污痕(咖啡?)。

你好吗?

毫无预告地突然接到我从罗马寄的信，想必吃一惊吧? 或者说你过于冷静，罗马不足于让你吃惊也不一定。罗马也许太富于旅游意味了。要打动你，恐怕非格陵兰岛啦、通布图[①]啦、麦哲伦海峡什么的不可。而我本身对于自己置身罗马这点，倒是相当惊异的。

无论如何很对你不起——劳你帮忙搬家，当时明确说好请你吃晚饭，结果言而无信。其实搬完家后马上就定下去欧洲了。慌慌张张取护照、买旅行箱、处理手头工作，这个那个忙得昏天黑地，一天天就那么过去了。你也知道，我这人虽说记性不大好，但只要记住，肯定好好履约的。所以，先就这点向你道歉。

①西非马里共和国中部的商业城市。

新居让我过得很舒坦。搬家固然麻烦(所幸大半是你承担的),但搬完后的确不坏。这里没有吉祥寺那里的鸡叫。不过乌鸦不少,叫起来像老太婆哭,让人心烦。天刚亮,这些家伙便不知从哪里赶来代代木公园,肆无忌惮地呱呱大叫不止,就像世界马上要完蛋似的,吵得我怎么都睡不安稳。闹钟差不多用不上了,弄得我和你一样过起农耕民族式的早睡早起生活来。也好像体会到了半夜三点有人打电话来是怎样一种心情。当然,眼下仅限于"也好像"。

此刻我在罗马一条小巷尽头的一间露天咖啡馆里,一边啜着恶魔汗水般的浓浓的蒸馏咖啡,一边写这封信。怎么说好呢,总觉得有点不可思议,好像自己不是自己了,实在表达不好。对了,这么说吧:感觉上就像正酣然大睡时有一只手把自己分解得七零八落,而后又十万火急地拼在一起。这你可明白?

无论怎么看,我都只是我自身,但就是觉得有什么不同平日。却又想不出"平日"是怎么个状态。自下飞机以来一直被这种实实在在的被人肢解的错觉——大约是错觉——所俘虏。

这么着,现在我一思索"为什么我此时这么(巧而又巧地)待在什么罗马呢",周围所有事物便变得百思莫解。当然,若顺着迄今为止的经纬找下去,还是能够找到相应的根据来证明"自己身在这里"的,但上不来实感。纵有千万条理由,也无法让自己觉得身在这里的自己和我认为的自己是同一个人。换个说法，就是“其实我不在这里也是未尝不可的”。说法诚然不得要领，但意思你能领会吧？

不过有一点是明确的，那便是：假如你在这里就好了！你若离得远——即便同敏在一起——我就感到很孤单。若离得更远，我势必更加孤单，毫无疑问。但愿你对我也有此同感。

也就是说，现在我同敏两人在欧洲旅行。她有几桩工作上的事情，要一个人去意大利和法国转两个星期，我则作为秘书同行。事先没打招呼，一天早上突然通知我，我也吃了一惊。就算作为秘书跟去，我也起不了多大作用，但毕竟关系到以后，况且敏说是对我戒烟成功的奖励。如此看来，忍耐长期戒烟痛苦也还是值得的了。

我们先飞到米兰，逛街，然后租一辆蓝色阿尔法·罗密欧①，沿高速公路向南开去。在托斯卡纳区转了几家葡萄酒厂，谈妥生意，在小镇上颇有情调的旅馆住了几晚，之后来到罗马。谈生意时不是用英语就是用法语，我派不上用场。但日常旅行当中我的意大利语还是蛮管用的。若去西班牙（遗憾的是这次去不成），我想更能助她一臂之力。

①一种意大利生产的轿车。

我们租用的阿尔法·罗密欧是手动换挡,我开不来,一路上都是敏一个人驾驶。看上去她长时间开车也全然不以为苦。托斯卡纳丘陵地带弯路很多,但她有节奏地或上或下不断换挡,轻轻松松把弯路甩在身后。目睹她这副样子,我胸口一阵阵悸动(不是开玩笑)。远离日本,老老实实坐在她身边——仅这一点就让我心满意足。可能的话,真想长此以往。

若就意大利美妙的葡萄酒和饮食写起来,必然写得很长很长,还是留给下次机会吧。在米兰我们一家又一家逛商店,买东西:裙子、袜子、内衣等等。我睡衣忘带了,只买了套睡衣,此外什么都没买(一来没那么多钱,二来好东西太多了,看得眼花缭乱,不知买什么好。这种时候我的判断力,就像保险丝烧断似的戛然而止)。不过陪敏买东西已足够快活了。她买起东西来真是驾轻就熟,只挑真正好的东西买,并且只买一点点,就像吃菜时只挑最好吃的部分吃一小口。非常优雅和有魅力。看到她挑选高档丝袜和内衣裤,我总好像呼吸一下子困难起来,甚至额头沁出汗珠。真是莫名其妙,身为女孩子家!算了,说起买东西来话长,就此打住。

旅馆里我们分睡两个房间,这方面敏相当神经质。只有一次——在佛罗伦萨预订旅馆出了差错——两人睡在一个大房间里。床固然有两个,但毕竟是同一房间,心不由怦怦直跳。她从浴室围着浴巾出来时我看见了,她换衣服时我也目睹了。当然是拿起一本书佯装没看而用眼角一闪闪瞥见的。敏的肢体的确华丽。并非全裸,穿一条小小的三角裤,但仍令人叹为观止。匀称苗条,臀部紧绷绷的,看上去同工艺品无异。真想让你也看上一眼——别见怪。

我想象自己被这苗条滑润的身体拥抱的情景。在和她住同一房间的床上如此胡思乱想起来,觉得自己似乎正被冲往别的场所。想必因为亢奋的缘故,这天夜里来了月经——比正常日期提前好多——弄得我狼狈不堪。噢,信上给你写这个也解决不了什么,就作为一个事实吧。

昨晚在罗马听音乐会来着。由于时节不对,原本没抱多大期望。结果碰上了一场十分激动人心的音乐会——马尔塔·阿赫里奇[1]弹奏李斯特的1号钢琴协奏曲。是我顶喜欢的曲子。指挥是朱塞佩·西诺波利。演奏果然出类拔萃。乐曲**陡然**拔地而起,雄视四野,一气流注。但从我的喜好来说,未免过于完美了。相比之下,还是多少有点出格离谱的、类似大型乡间庙会那样的演奏更对我口味。总之不喜欢叠床架屋,而喜欢直接冲击心灵那样的感觉。这点我和敏的看法不谋而合。威尼斯将举办维瓦尔第[2]纪念

①阿根廷钢琴家(1941—　)。
②一译维伐尔地。意大利作曲家、小提琴家(约1675—1741)。

音乐会，打算也去那里看看。如同和你谈小说时那样，我和敏谈音乐也怎么都谈不到尽头。

信够长的了。看来我一旦拿起笔，中途就很难停下，向来如此。都说有教养的女孩不久坐，可我在写东西方面（也可能不限于写东西），自己的教养简直令人绝望。就连身穿白色罩衫的跑堂老伯看到我这样子都不时一脸惊愕。不过，我的手到底写累了，差不多就写到这儿吧，信纸也没了。

敏出门见罗马老朋友去了。我一个人在旅馆周围散步，途中见到一家咖啡馆，便进去歇息，就这样紧一阵慢一阵给你写信。简直像从无人岛上把信装入瓶内给你寄去。也真是奇怪，离开敏孤零零剩得自己一人，也没心绪找地方游逛了。罗马本是第一次来（也许不会来第二次了），却不想看什么古迹，不想看什么喷泉，不想买什么东西，而只是这样坐在咖啡馆椅子上，像狗似的呼哧呼哧嗅街头气息，倾听各种声响，观察来往行人的面孔——只这样我就十分满足了。

这么着，现在我蓦地意识到了——这样给你写信的时间里，我一开始说的“仿佛被分解得七零八落的莫名其妙的感觉”似乎变得淡薄起来，已经不那么困扰自己了，一如半夜给你打完长电话从电话亭出来之时。你这人说不定有此现实效用。

你自己怎么认为呢？不管怎样，请为我祝福吧，祝我幸福和幸运。我肯定需要你的祝福。

再见！

又及：

大约八月十五日回国。回国后，趁夏天还没完，按约一起吃晚饭。

此后过了五天，从名字都没听说过的一个法国村庄来了第二封信。这次比上次略短一些。堇和敏在罗马不再开租来的车，转乘火车去威尼斯。在那里整整听了两天维瓦尔第。演奏主要是在维瓦尔第当过司祭的教堂举行的。她写道："这回维瓦尔第可听足了，往下半年不会再想听维瓦尔第了。"还介绍了威尼斯餐馆纸包鱼烤得多么够味。描写十分有感染力，我都恨不得马上跑去吃一顿同样的东西。

两人从威尼斯返回米兰，从那里飞到巴黎。在巴黎稍事休息（再次购物），乘火车赶往勃艮第。敏的好友拥有庄园般的大宅院，两人住在那里。在勃艮第敏也像在意大利一样转了几家葡萄酒仓库，谈妥买卖。午后得闲时，便把盒饭装进篮里去附近森林散步。葡萄酒当然也带上几瓶。"葡萄酒在这里梦一样好喝。"堇写道。

“对了，当初定在八月十五日回国，看来要有变更。我们在法国办完事后，有可能去希腊的海岛休整一下身骨。碰巧我在这里结识的一位英国绅士（货真价实的绅士）在那边一座什么小岛上有座别墅，让我只管随便用好了。竟有如此好事。敏也很积极。因为我们也需要休假，把工作丢去一边放松放松。我们准备躺在爱琴海雪白的海滩上，把两对美丽的乳房对着太阳，喝带松脂味儿的葡萄酒，尽情仰望空中的流云——你不认为美妙之极？”

我认为是美妙之极。

下午我去市立游泳池稍微游了一会儿，回来路上在有冷气的酒吧看一个小时书，然后回房间，一边熨衣服一边正反两面地听《十年以后》的旧唱片。衣服熨了三件，唱片听了两面。之后拿出减价时买的白葡萄酒，兑上沛绿雅矿泉水喝着，用录像机看事先录好的足球比赛。“我就不会那么传球”——每当出现传球场面，我便摇头叹息。批评陌生人的错误，既容易又惬意。

足球赛比完，我深深沉进沙发，茫然注视天花板，想象法国村庄里的堇。也可能现在已转移到希腊小岛上去了吧，正躺在海滩上仰望空中流移的白云。总之她已同我天各一方。罗马也好希腊也好通布图也好阿鲁安达也好，哪一个都远在天边。并且往后她将更快更远地离我而去。这么想着，我心里一阵难受，感觉上就好像在狂风呼啸的黑夜紧紧贴在——一无缘由二无计划三无信条地贴在高高的石墙上的无谓的小虫。离开我后堇说她“孤单”，但她身边有敏。我可是谁都没有，只有自己，一如往日。

堇八月十五日没有返回，她的电话机里仍是“外出旅行”那句冷冰冰的留言。堇搬家后马上买了有留言录音功能的电话，再不用雨夜里撑伞跑去电话亭了。万全之策。我没往电话里留言。

十八日又打了一次，依然“外出旅行”。短暂的无机信号音响过后我报以姓名，留下一句短语：“回来打电话给我。”但此后也没电话打来。大概敏和堇对希腊那个岛一见钟情，没心思回日本了。

这期间我整天去学校陪足球部的学生练球，只同“女朋友”睡了一次。她同丈夫带两个孩子一起去巴厘岛度假，刚刚回来，晒得恰到好处，以致我抱她时不能不想大约在希腊的堇，进去时不能不想堇的肢体。

假如我不认识堇这个人，说不定某种程度上会真心喜欢上比我大七岁的她（她儿子是我的学生），同她的关系相应深入下去。她漂亮，温柔，又雷厉风行。就我的喜好来说，化妆略嫌浓些，但衣着得体。另外，虽然她本人嫌自己太胖了，其实一点儿都不胖，不折不扣用得上“成熟”二字。她十分清楚我需求什么和不需求什么，该进展到哪里、该中止在哪里也谙熟于心——不论床上还是床下。她使我像乘坐飞机头等舱一样舒心惬意。

“和丈夫差不多一年没做了。”一次她在我怀里直言相告，“只和你做。”

可是爱她就爱不起来。因为和堇在一起时我时常感觉到的那种几乎可以说是无条件的油然而生的亲密，在我同她之间无论如何也没产生，而总有一层类似透明薄纱样的东西。程度虽若隐若现，但无疑是一层阻隔。由于这个缘故，两人见面时——尤其告别时——有时不知说什么才好，而这在同堇一起时是不曾有过的。我通过同她幽会而屡屡得以确认一个无可撼动的事实：自己是多么需要堇。

她回去后，我一个人出去散步。信步走了一阵子，走进车站附近的酒吧，要了加拿大俱乐部的加冰威士忌。这种时候我每每觉得自己这个人实在猥琐不堪。我当即喝干第一杯，要来第二杯，然后闭上眼睛想堇，想躺在希腊海岛雪白的沙滩上袒胸露乳晒日光浴的堇。邻桌四个大学生模样的男女边喝啤酒边得意地大笑。音箱中流出休伊·刘易斯和扎·纽斯那撩人情怀的乐曲。一股烤比萨饼味儿飘来。

我蓦然记起已然过往的岁月。我的成长期（理应称作成长期的东西）到底什么时候告终的呢？果真告终了不成？就在不久前我无疑还处于半生不熟的成长过程中。休伊·刘易斯和扎·纽斯有几首歌走红来着，几年前的事。而我现在置身于封闭的环状跑道上。我在一个地方周而复始地兜圈子。明明知道哪里也抵达不了,却又停不下来。我不得不那样做,不那样做我就活不顺畅。

这天夜里从希腊打来了电话。半夜两点。但打电话的不是堇,是敏。

7

最初是一个男子粗重的语音，用土味很重的英语道出我的名字，吼道："没有错吧？"凌晨二时，我当然正在酣睡。脑袋像大雨中的水田一片茫然，分不出边际。床单还多少残留午后性爱的记忆，一切事物犹如系错扣的对襟毛衣，正一阶一阶失去同现实的连接点。男子再次说出我的名字："没有错吧？"

"没有错。"我回答。听起来不像我的名字，但终归是我的名字。随后，仿佛把种类不同的空气勉强磨合在一起的剧烈噪音持续有顷。估计是堇从希腊打国际长途。我把听筒从耳边稍拿开一点儿，等待她的声音传来。不料传来的不是堇，是敏。"你平时大概从堇口中知道我了吧？"

知道，我说。

通过电话传来的她的语音十分辽远，且被扭曲成无机物，但仍可充分感觉出其中的紧张，某种硬撅撅的东西宛如干冰的烟气从听筒流入房间,使我睁眼醒来。我从床上坐起,挺直背,重新拿好听筒。

"没时间慢说,"敏快嘴快舌,"从希腊海岛打的电话,这儿的电话几乎接不通东京,接通也马上断掉,打了好几次都不行,这次好歹接通了。所以寒暄话就免了,直接说事,可以吗?"

没关系,我说。

"你能到这里来?"

"**这里**——指希腊?"

"是的。争分夺秒地。"

我道出最先浮上脑际的话:"堇发生什么了?"

敏留出一次呼吸那么长的空白。"那还不清楚。不过我认为她是希望你来这里的,毫无疑问。"

"**认为**?"

"电话里没办法说,又不知什么时候断线,问题又很微妙,可能的话,想见面谈。往返费用我出。总之你飞来就是,越快越好。头等舱也好什么也好,买票就是。"

十天后新学期开始,那之前必须赶回,马上动身去希腊不是不能去。暑假期间倒是有事要去学校两次,但应该有办法通融。

"我想可以去,"我说,"问题不大。那么我到底往哪边去好呢?"

她讲出那个岛的名字,我记在枕边书的衬页上。以前在哪里听说过的名字。

"从雅典坐飞机到罗得岛,从那里转乘渡轮。一天只两班,上午和傍晚。那时间我去港口看看。能来?”

“我想总可以去的。只是我……”说到这里,电话一下子断了,简直就像有人用铁榔头砸断电缆似的,唐突地、暴力性地断了,代之以最初那种强烈的杂音。我心想说不定会重新接通,把听筒贴着耳朵等了一分多钟,但传来的唯独刺耳的杂音。我只好作罢,放下听筒,翻身下床,进厨房喝了杯凉麦茶,靠在电冰箱门上清理思绪。

我当真这就要坐上喷气式飞机飞往希腊海岛不成?答案是 yes,此外别无选择。

我从书架上抽出大本世界地图,查找敏告诉我的岛的位置。尽管有罗得岛附近这一提示,但在爱琴海星罗棋布的大小岛屿中找出它来并非易事。最终还是找到了用小号铅字印刷的那个岛名。位于靠近土耳其国境的一座小岛。太小了,形状都看不清。

我从抽屉里拿出护照,确认有效期尚未截止,找齐家中所有的现金塞入钱包。数额不多,天亮后用银行卡提取就是。账户里有过去的存款,暑期奖金又碰巧几乎原封未动。还有信用卡,去希腊往返机票买得起。我拿出去体育馆时用的塑胶体育包,塞进替换衣服,塞进洗漱用品,塞进准备找机会重看的约瑟夫·康拉德的两本小说。泳衣我沉吟一下,最后决定带上。到了岛上,有可能所有问题迎刃而解,大家全都平安无事,太阳稳稳挂在中天,在那里悠然自得地一路游回——不用说,这无论对谁都是最理想不过的结果。

作好这些准备，我折身上床，熄灯，头沉进枕头。三点刚过，到早上还可睡一阵子。然而根本上不来睡意。那剧烈的嘈杂声仍留在我血管里，那个男子在耳底叫我的名字。我打开灯，再次下床，进厨房做了杯冰茶喝了。之后把同敏的交谈从头到尾逐字逐句在脑海再现一遍。那话说得暧昧而不具体，谜一样充满双重含义。敏道出的事项仅有两个。我把它实际写在纸上：

(1) 堇发生了什么。至于发生了什么，敏也不清楚；

(2) 我必须争分夺秒赶去那里。堇也希望我这样(敏认为)。

我一动不动盯视这张纸，用圆珠笔在“不清楚”和“认为”下面划一道横线。

(1) 堇发生了什么。至于发生了什么，敏也不清楚；

(2) 我必须争分夺秒赶去那里。堇也希望我这样(敏认为)。

在那个希腊小岛上堇发生了什么呢？我揣度不出，但肯定属于不妙那一种类的事情。问题是不妙到什么程度。就算不妙，早晨到来之前也全然无能为力。我坐在椅子上，脚搭桌面，边看书边等天亮。天却怎么也不亮。

天一亮，我乘中央线电车到新宿，在那里转乘开往成田的快车赶去机场。九点，转了几家航空公司的服务台，结果得知压根儿就不存在成田直飞雅典的航班。几经周折，买到了 KLM [1]航空公司飞往阿姆斯特丹的商务舱票。从那里可以转飞雅典。到雅典再转乘奥林匹克航空的国内航线直飞罗得岛。KLM 可以代为订票。只要不出问题，转乘两次应该算是相当顺利的了，至少时间上是最佳方案。回程日期随便，从出发算起三个月内哪一天都可以。我用信用卡付了票款。“有托运行李吗?”我说没有。

到起飞还有一段时间，便在机场餐厅吃了早餐。我用银行卡提出现金，换成美元旅行支票。之后在候机厅书店里买了一本希腊旅行指南。小册子固然没有敏所在的小岛的名称，但我需要了解关于希腊货币、当地情况和气候方面的基础知识。除了古代史和几部戏剧，我对希腊这个国家所知无多，如同对木星的地质和法拉利车的引擎冷却系统一样。在此之前根本都没想过自己会有希腊之行，至少在这天凌晨两点以前没想过。

快中午时我给一个要好的同事打电话，说自己一个亲戚发生不幸，要离开东京一个星期，学校里的事请她代劳。“好的。”她说。以前我们也曾这样相互关照过几次，不用费唇舌。“那，到哪儿去呢?”她问。“四国。”我说。毕竟不好说这就去雅典。

---

① Koninklike Luchtvaart Maatschappij 之略，荷兰航空公司。

“够远的啦。不过开学可要赶回来哟。可以的话,买点特产回来。”她说。

“那自然。”我说。这个事后怎么都有办法可想。

我走去商务舱用的休息室,蜷进沙发睡一小会儿。睡得不实。世界失去了现实性的核心。色彩有欠自然,细部了无生机,背景是纸糊的,星星是银纸剪的,糨糊和钉头触目可见。不时传来播音员的声音:“乘坐法国航空275航班飞往巴黎的旅客……”我在这没有脉络的睡眠中——或者不完全的觉醒中——思考着堇。我和她一起经历过的种种时间和空间犹如旧记录片一般断断续续浮上心间。但置身于这众多旅客熙来攘往的机场的喧嚣声中,我和堇共同拥有的世界显得寒伧凄凉、半死不活、零乱不堪。我们两人都不具有像样的智慧,又没有加以弥补的本领,没有指望得上的靠山。我们无限地接近于零,我们这一存在微不足道,不过从一个“无”被冲往下一个“无”罢了。

不快的汗出得我睁开眼睛,浸湿的衬衫黏糊糊地贴在胸口。全身乏力,双腿肿胀,感觉就像一口吞掉了阴沉沉的天空。脸色大概相当难看。休息室女服务员走过时担心地问我要不要紧。“不要紧,只是有点中暑。”我说。她问要不要拿冷饮,我想了想,请她拿啤酒来。她拿来冷毛巾、喜力啤酒和一袋咸干花生。擦去脸上的汗,喝去一半啤酒,心情多少有所恢复,又得以睡了一小会儿。

飞往阿姆斯特丹的航班基本准时飞离成田机场,越过北冰洋,降落在阿姆斯特丹。这时间里,为了再睡一觉,我喝了两杯威士忌,醒来吃了一点晚饭。由于几乎没有食欲,早饭没要。我懒得想没用的事,醒着的时间大多看康拉德。

换乘了飞机,在雅典机场下机,移去相邻的候机厅,几乎没等就上了飞往罗得岛的波音727。机舱里挤满世界各地眉飞色舞的年轻人,全都晒得可观,身上全都是T恤、开襟背心和半截牛仔裤。男的大多留须(或忘记刮了),乱蓬蓬的长发在脑后扎成一束。我这身打扮——米黄色长裤、白色半袖马球衫、深蓝色布夹克显得不合时宜,令人局促不安。连太阳镜都忘了带来。可是又有谁能责怪我呢?直到刚才我还在国立市为厨房里剩下的生湿垃圾伤脑筋来着。

我在罗得机场的问询处打听开往小岛的渡轮。得知码头离机场不远,即刻去可以赶上傍晚那班。“渡轮不会满员吗?”为慎重起见,我加问一句。“满员多一两个人也没问题。”一个看不明白年龄的尖鼻子女性皱起眉头,连连挥着手说,“又不是电梯”。

我拦出租车赶往码头。我请司机尽可能开快些,但看样子未能沟通。车内没有空调,挟带着白灰的热风经大敞四开的车窗扑面而来。途中驾驶员一直用带有汗臭味儿的粗俗的英语就欧共体统一货币发表又臭又长的一家之言。我彬彬有礼地哼哈应和,实际上充耳不闻。我眯缝起眼睛,观望窗外令人目眩的罗得岛街景。天空一片云絮也没有,下雨的征兆更没有。太阳烤着家家户户的石墙。浑身节疤的树木沾满灰尘,人们坐在树荫下或凸出的遮阳篷里,沉默寡言地打量这个世界。眼睛持续追逐如此光景的时间里,我渐渐没了自信,怀疑自己是否来到了正确场所。但是,希腊文写成的花花绿绿的香烟和葡萄酒广告,把机场到市区的道路两侧并非神话地拥裹得水泄不通——明明白白告诉我这里是希腊。

晚班渡轮尚未离岸。船比预想的大,甲板后端竟有装载汽车的空间,两辆装有食品和杂货箱的中型卡车和一辆旧标致轿车[1]在那里等待开船。我买票上船,刚在甲板席挤坐下来,将船固定在码头的缆绳便被解开,马达发出粗重的轰鸣。我吁了口气,仰望天空。往下只消等这艘船把我送往要去的小岛就行了。

我脱掉吸足了汗和灰的布外衣,叠起放进手提包。时值傍晚五时,太阳仍高悬中天,光线锐不可当。不过在帆布篷下任凭船头吹来的风拂掠身体,我还是感觉得出心情正一点点趋于平静。在成田机场休息室俘虏我的悒郁念头已不翼而飞,唯独苦涩的余味多少剩在嘴里。

我所去的岛作为旅游点看来不怎么热门,甲板上游客模样的人屈指可数。乘客大半是去罗得岛办完日常琐事回来的本地人,多是老人。他们简直像对待容易受伤的动物似的,把买的东西小心放在脚下,脸上不约而同地沟壑纵横,不约而同地缺乏表情。炽热的太阳和严酷的体

①一种法国轿车。

力劳动已把表情从他们脸上劫掠一空。

年轻士兵也有几个,眼睛还像孩子一样清澈,卡其军用衬衫的背部黑乎乎地沁出汗水。两名嬉皮士风度的游客怀抱看似很重的背囊瘫坐在地板上,两人都很瘦,腿长长的,目光咄咄逼人。

还有一个二十来岁的长裙希腊姑娘,眸子又黑又深,一种颇有命中注定意味的美。她任凭风拂动长发,津津有味地向身边女友说着什么,嘴角始终挂着柔和的微笑,俨然在暗示美好事物的所在。大大的金属耳饰不时迎着阳光灿然一闪。年轻士兵手扶甲板栏杆,以甚为深沉的神情一边吸烟一边不时往姑娘那边发送短促的视线。

我喝着在小卖部买的柠檬汽水,眺望一色湛蓝的海面和海面上浮现的小岛。几乎所有的岛都称不上岛而更近乎岩体,上面无人,无水,无植物,独有白色的海鸟蹲在顶端搜寻鱼影,船通过时鸟们也不屑一顾。波浪拍打岩体底端,四溅的浪花镶着耀眼的白边。时而也可见到有人居住的岛,上面稀稀拉拉长着看样子甚是健壮的树木,白墙民居散布在斜坡上。不大的海湾里漂浮着漆色鲜艳的小艇,高耸的桅杆随着波涛在空中画着弧形。

坐在我旁边的一位满脸皱纹的老人劝我吸烟,我用手势表示不吸、谢谢。他代之以薄荷口香糖相劝,我高兴地接过,嚼着继续眼望大海。

渡轮抵岛时已过七点。阳光的强度到底有所收敛,但夏日的天空依然光朗朗的,或者莫如说反倒愈发亮丽。港口建筑物的白墙上用黑漆漆的大字写出岛名,俨然门牌。船一靠码头,提着东西的乘客便一个个排队下栈桥。港前是露天咖啡馆,接船的人在那里等待要接的人下来。

我下船就搜索敏的姿影,但找不见像是她的女子。几个民家客店经营者搭话问我是不是找住处,每次我都摇头说不是,但他们还是把名片塞到我手里。

人们下了船后朝各自方向散去。买东西回来的人回自己的家,游客去了某处的宾馆或民家客店。接船的人也碰上要接的什么人,拥抱或握手一阵子后结伴去哪里消失了。两辆卡车和一辆标致轿车也已下船,丢下引擎声疾驰而去。受好奇心驱使聚集来的猫们狗们也不觉之间无影无踪。最后剩下来的只有闲着没事的一伙晒黑的老人和我——提一个与场合不符的塑胶体育包的我。

我在咖啡馆桌旁坐下,要了杯冰红茶,开始考虑下一步怎么办。但怎么办也办不了。夜即将来临,又摸不着东南西北。眼下在这里我能做的事一件也没有。若再等一会儿也谁都不来,只能先在哪里投宿,明天早班船时间再来此一次。我不认为敏会由于一时疏忽而让我扑空。因为按堇的说法,她是个十分小心谨慎、中规中矩的女性。倘来不成码头,应有某种缘由才是。或者敏没以为我会来得这么快也有可能。

肚子饿得不行,汹涌的空腹感,似乎身体的另一侧都隐约可见了。大概身体这才意识到出海后光知道猛吸新鲜空气而从早到晚还什么都没投入胃囊。但我不想错过敏，决定再在这咖啡馆忍耐一会儿。时而有当地人从我面前走过，不无新奇地往我脸扫上一眼。

我在咖啡馆旁边的书报摊上买了一本关于小岛历史和地理的英文小册子，边翻看边喝味道怪异的冰红茶。岛上人口三千至六千，因季节而异。游客增多的夏季人口多少上浮，冬季随着人们外出打工而下降。岛上无像样的产业，农作物也有限，出产的无非橄榄和几种水果而已。其余是渔业和采海绵。所以，进入本世纪后不少居民移居美国，其中多数住在佛罗里达，因为渔业和采海绵的经验能派上用场。据说佛罗里达有个名字取自他们岛名的小镇。

岛的山顶上有军用雷达设施。我现在所在的民用港附近的另一小港供军事警备艇出入。因为距土耳其国境近，要防备对方犯境和走私，所以街上可以见到军人。若同土耳其发生纠纷（实际上也小摩擦不断），船只出入便频繁起来。

公元前，希腊文明曾包笼在历史荣光之中——在那个时代，小岛作为贸易中转港一片繁荣，因为位于亚洲贸易的交通要道，而且当时山上树木葱茏，造船业也因之兴旺发达。然而伴随希腊文明的衰退和后来山上树木被伐尽砍光（此后润绿再不曾返回小岛），岛迅速黯然失色。不久土耳其人来了，他们的统治酷烈而彻底，稍不如意，土耳其人便像修剪院子树木那样把人们的鼻子耳朵一削而光——书中这样写道。十九世纪快结束时，经过数次同土耳其军队的浴血奋战，岛终于获得独立，港口翻卷起希腊的青白旗。不久希特勒的军队跑来了，他们在山顶设立雷达站监视近海,因这一带视野最为开阔。英国飞机曾从马耳他飞来扔炸弹,企图将其炸毁。不仅山顶基地,还轰炸了港口,炸沉无辜的渔船,渔民也死了好几人。在这次轰炸中,希腊人比德国人死得多,村民中至今仍有人对此怀恨在心。

一如希腊的大部分岛屿,这座岛也少有平地,而险峻无情的山岭占据了几乎所有面积,人们的聚居地仅限于邻近海港的南部沿岸。离人烟远些的地方固然有宁静优美的海滩,但去那里要翻越崇山峻岭,交通便利的地方则没有宜人的海滩。这大概是游客难以增加的一个原因。山里散在着几座希腊正教的修道院,但修道人员严守清规戒律,不接待兴之所至的来访者。

仅从导游手册上看,这座希腊小岛实在普通得很,无甚特色可言。只是不知为什么,一部分英国人却似乎对此岛情有独钟(英国人总有不无古怪之处),他们以非凡的热情在靠近港口的高台地带建造了夏令别墅群。尤其是六十年代后期,几个英国作家在这里眼望碧海白云写小说,几部作品还得到了相当高的文学评价。由此之故,这小岛在英国文坛获得了某种罗曼蒂克的声誉。不过,岛上居住的希腊人倒好像对自己岛上如此辉煌的文化层面几乎不闻不问。

我就这样读着这些记述,用来冲淡饥饿感。读罢合上书,再次环顾四周。咖啡馆的老人们俨然在进行长时间视力测试,仍在百看不厌地看海。时针已转过八点,饥饿感此时已近乎痛感。烧肉和烤鱼的香味儿不知从何处飘来,如同正在兴头上的拷问者一般紧紧勒起我的五脏六腑。我忍无可忍,欠身离座,提起包刚要去找饭店,一名女子静静地出现了。

女子面迎西边海面上终于倾斜下来的太阳光,摇曳着及膝白裙,快步走下石阶。脚上一双网球鞋,步子并不大,但很有活力。上身穿淡绿色无袖衫,头上一顶窄檐帽,肩挎小小的布质挎包。由于步法甚为常规自然,又与周围景物融为一体,起初我以为是当地女子。但她径直朝我这边走来,走近了看出是东方人。我几乎条件反射地坐回椅子,又旋即站起。女子摘下太阳镜,道出我的名字。

"来晚了,对不起。"她说,"去这儿的警察署来着,手续真是费事。也没想到你今天能到,以为最快也得明天中午。"

"转机很顺利的。"我说。警察署?

敏视线笔直地看着我,微微一笑。"可以的话,边吃边说吧。我很早吃完早饭,直到现在。你怎么样,饿了吧?"

饥肠辘辘,我说。

她把我领去港口后头一家饭馆。门口旁边有个很大的炭火烧烤炉,铁丝网上烤着一看就知是刚出海的鲜鱼鲜贝。她问我喜欢鱼么,我说喜欢。敏用只言片语的希腊语向男侍点菜。装白葡萄酒的大扎杯、面包和橄榄首先摆上桌面。我们也没怎么寒暄,也没说干杯,只管把白葡萄酒倒进各自杯中喝了起来。为缓解空腹的痛苦,我先把粗质面包和橄榄塞进嘴里。

敏很美。这是我最初接受的明白而单纯的事实。也许实际上并不那么明白那么单纯,也可能是我的天大错觉,或者仅仅是自己由于某种缘由而被不容改变的别人的梦之河流一口吞没亦未可知。如今看来,我觉得那种可能性是根本无法否定的。而当时我所能断定的只有一点,那便是自己是把她作为美貌女子予以接受的。

敏纤细的手指上戴着几个戒指。其中一个是造型简练的金质结婚戒指。在我飞快地在脑袋里归纳她给我的第一印象的时间里,敏不时把酒杯递到唇边,以和悦的目光注视我。

“感觉上不像是初次见面。”敏说,“怕是因为时常听说你吧。”

“我常从堇口中听说你来着。”

敏莞尔一笑。只有在微笑时眼角才生出迷人的细纹。“那么,我就用不着在这里自我介绍了。”

我点点头。

我对敏最有好感的,是她无意隐瞒自己的年龄。堇说她该有三十八或三十九,实际看上去也有三十八或三十九岁。由于皮肤漂亮,加之身段匀称苗条,若适当化化妆,说是二十八九岁也有人信,可是她没有刻意那样做。看来敏是把年龄作为自然上浮之物老老实实地予以接受的,并巧妙地使自己与之同步。

她把橄榄放入口中一粒，手指捏着橄榄核，十分优雅地投进烟灰缸，犹如诗人清点标点符号。

“半夜突然打电话，很对不起。”敏说，“能说得清楚些就好了，可当时心里理不出头绪，不知从哪里说起。现在也没理好，但至少混乱告一段落了，我想。”

“到底发生了什么呢？”我问。

敏把十指在桌面上叉起、松开、又叉起。

“堇失踪了。”

“失踪了？”

“像烟一样。”说着，敏啜一小口葡萄酒，继续道：“说来话长，但我觉得还是从头按顺序说为好。否则，微妙的意味很难传达，因为事情本身非常微妙。不过还是先把饭吃完吧。眼下并非分秒必争的紧急关头，再说肚子饿了脑袋也运转不灵。况且这地方说话未免太嘈杂了。”

饭店里挤满了本地客人，人们比比画画大声喧哗。为了避免大吼大叫，我和敏不得不在桌上欠起身子额碰额说话才能相互听见。盛在大碗里的希腊式色拉和烤好的大条白碴鱼端上桌来。敏往鱼身上撒盐末，拿一半柠檬挤汁淋了淋，又滴上橄榄油。我也如法炮制。如她所提议的，是要先填满肚皮才行。

她问我能在这里逗留多久，我回答一周后开学，开学前必须赶回，若不然多少有些麻烦。敏事务性地点了下头，而后抿起双唇，在脑袋里盘算着什么，既没说“不要紧，那之前能回去”，又没说“恐怕很难了结”。对这一问题她作出了自己的判断,将结论塞进某个抽屉,继续默默进食。

吃罢饭菜喝完咖啡,敏提起飞机票钱,问那部分钱我愿不愿意要美元旅行支票,或回东京后转入我的银行户头也可以,问哪种方式合适。我说眼下我不缺钱用,那点儿费用还是负担得起的。敏坚持由她支付,“是我求你来的嘛,”她说。

我摇头道:“并不是我客气,如果时间再往后推,说不定我会自己主动来一趟这里的。我想说的就是这个意思。”

敏沉吟片刻,点了下头。“非常感谢你的,感谢你肯来这里——我很难用语言表达。”

走出饭店,倾注了染料一般的鲜亮亮的暮色笼罩了四周。色调是那样的蓝,仿佛一吸气肺腑都将染成蓝色。天空开始有星斗微微闪烁。吃罢晚饭的当地人,像好容易捱到步履蹒跚的夏日太阳落下似的走出家门,在港口周边信步走动。有一家老小、有情侣,有要好的朋友。一日终了时分的海潮的清香拥裹着街道。我和敏相伴步行。路右侧排列着商店、小旅馆和餐桌摆上人行道的饭店,带有木百叶窗的小窗口亮起柔和的橘黄色灯光,收音机淌出希腊音乐。路左侧的海水漫延开去,夜幕下的波涛稳稳地拍打着码头。

“再走一会儿就上坡了,”敏说,“坡有陡有缓。石阶那边倒是近些,走哪边?”

我说无所谓。

狭窄的石阶沿坡而上,又长又陡。但穿网球鞋的敏脚步不知道累,节奏全然不乱,裙摆在我眼前令人惬意地左右摆动,晒黑了的形状娇好的小腿肚在几近满月的月光下闪着光。我先累得喘不上气了,不时停住脚,大口大口喘息。越爬越高,港口灯火随之越来越远、越来越小了。刚才还就在我们身边的男男女女的种种营生,已被吸入无名光链之中。这夜景给人的印象很深,真想拿剪刀剪下,用图钉按在记忆的墙壁上。

她俩住的是一座面临大海的带阳台的小别墅。白墙红瓦,门扇涂以深绿色。房子四周低矮的石围墙上,红色的九重葛开得红红火火。她拉开没上锁的门,把我让进里面。

房子里凉丝丝的让人舒坦。有客厅,有不大不小的饭厅和厨房。墙为白石灰墙,到处挂着抽象画。客厅里有一套沙发、书橱和小音响。卧室两间。浴室虽不大,但贴着瓷片,干干净净。家具哪一件都不特别引人注目,给人一种自然而然的亲近感。

敏摘掉帽子,挎包从肩头拿下,放在厨房的桌上,然后问我喝点什么还是先淋浴。我说想先淋浴。我洗头,用剃刀刮须,再用吹风机吹干头发,换上新T恤和短裤。于是心情算是多少恢复常态。洗脸间镜子下面放有两支牙刷,一支蓝柄,一支红柄。哪支是堇的呢?

折回客厅,见敏手拿着白兰地酒杯坐在安乐椅上。她以同样的东西劝我,可我想喝凉啤酒。我自行打开电冰箱,拿出阿姆斯特尔啤酒,倒进高脚杯。敏把身体沉进安乐椅,好半天沉默不语。较之搜索要用的语句,她更像是沉浸在无始无终的个人记忆中。

“来这里多长时间了?”我这样打破沉默。

“到今天八天,我想。”敏约略想了一下说。

“那么,堇是从这里不见了的?”

“是的。刚才也说了,像烟一样没有了。”

“什么时候呢?”

“四天前的夜里。”她像摸索什么可抓的东西似的环视着房间,“到底从哪里说起好呢?”

我说:“从米兰去巴黎,再乘火车到勃艮第——这以前的情况从堇的信上知道了。堇和你在勃艮第一个村庄住在你朋友庄园般大小的宅院里。”

“那么,从那里开始好了。”敏说。

8

“我同那个村庄附近酿造葡萄酒的人过去就很要好,对他们所酿葡萄酒的熟悉程度,可以说是如数家珍。包括哪块田的哪个坡的葡萄酿出怎样的葡萄酒啦,那年的气候对酒味有什么影响啦,哪个人做事老实认真啦,哪家的儿子热心给父亲当帮手啦,谁谁欠多少债款啦,某某买了雪铁龙小车啦等等。葡萄酒同英国良种赛马一个样,不晓得血统和最新情报就甭想做下去。光知道味道好坏做不成买卖。”

敏就此打住,调整呼吸,也好像在犹豫该不该讲下去。但她还是继续下文。

“我在欧洲拥有几个采购点,但勃艮第那个村庄最为重要。所以每年都尽可能在那里多住几天,以便同老友叙旧和获取新情报。以往总是一个人去,今年由于要先转意大利,一个人长时间奔波够辛苦的,再加上让堇学了意大利语,就决定带她一块儿去。如果觉得还是一个人走好的话,我打算去法国前先巧妙地找个理由把她打发回去。年轻时我就已习惯单独旅行，何况就算关系再好，每天从早到晚都跟别人打照面也还是够受的，是吧？

“但堇比我预想的能干，主动承担了杂务——买票、订旅店、谈价格、记账、找当地有定评的餐馆，等等。她的意大利语已有相当进步，更可贵的是充满健康的好奇心，这个那个让我体验到不少单独旅行时体验不到的东西。我没想到同别人在一起竟会这么愉快。大概堇同我之间有某种特殊的心灵相通之处吧。”

“还清楚地记得第一次相见时谈起斯普特尼克的情景。她讲垮掉的一代里的作家，我错听成了斯普特尼克。我们笑起来，初次见面的拘谨于是不翼而飞。你可知道斯普特尼克在俄语里指什么？是英语 traveling companion 的意思——‘旅伴’。近来偶尔查辞典，这才知道。想来也真是莫名其妙的巧合。可话又说回来，俄罗斯人干吗给人造卫星取那么个怪名呢？不过一个孤苦伶仃绕地球一圈圈转个没完的可怜的铁疙瘩罢了。”

敏在此停止，就什么想了片刻。

“所以，我把堇直接领去勃艮第。我在村里和老朋友叙旧谈生意的时间里，不会法语的堇借车去附近兜风，在一个镇子里偶然认识了一位有钱的西班牙老妇人，在用西班牙语聊天的过程中一下子要好起来。那位老妇人向堇介绍了住在同一家旅馆的英国男子。那人五十多岁，人很高雅，又潇洒，从事什么写作。大概是同性恋者吧，我想，因为他领着一个男朋友模样的秘书走来走去。

“我也被介绍给他们，一起吃饭。都是让人心情愉快的好人，加之交谈时得知我们之间有几个共同朋友，就更加情投意合了。

“那位英国人向我们提起他在希腊的一个岛上有座小别墅，若有兴趣，尽可使用。他说往年夏天都要去待一个月左右，但今年有事，希腊之旅难以成行，而房子这东西不住人是不好的，而且管理人员也会有疏漏。‘所以，如果不添麻烦的话，只管使用就是’——就是现在这座别墅。”

敏在房间里扫视了一圈。

“学生时代去过一次希腊。虽说是坐游艇这个岛那个岛匆匆转了一圈，但还是彻底迷上了这个国家。所以，能在希腊一个岛上借房子随便居住，的确是个富有诱惑力的建议，堇当然也想去。我提出既然租住别墅，那么理应付租金，但对方死活不答应，说‘我又不是搞别墅出租业的’。讲了几个回合，最后说定往他的伦敦家里寄一箱红葡萄酒表示谢意。

“岛上的生活如梦如幻。我得以抛开日程安排，享受纯粹的休假——已经好久没这样了。碰巧通讯是这个样子，电话传真因特网都用不上。我不按期回国，也许多少给东京那边添了点麻烦，可一旦到了这里，就怎么都无所谓了。

“我们早早起床，把毛巾、水和防晒油装进包里，往山那边的海滩走去。海岸漂亮得令人屏息敛气。沙滩雪白雪白，一点杂色没有，波浪也几乎没有。但由于地点不方便，来的人很少，尤其上午更是人影寥寥。在那里，无论男女全都满不在乎地裸体游泳。我们也学人家，像刚生下来那样赤条条地在清晨那么蓝那么清的海水里游泳，痛快得真是无法形容，就像阴差阳错到了另一世界。

“游累了，堇和我就倒在沙滩晒太阳。互看裸体一开始不好意思，但习惯了也就没什么了。肯定是场合的关系。两人互相往后背涂防晒油，躺在太阳下看书打盹，或者天南海北地闲聊。没想到自由这东西竟是这样悠然自得。

“从海滩翻山回来，淋浴完毕，简单吃口饭，一起走下石阶上街。在港口咖啡馆喝茶，买英文报纸看，在商店采购食品，然后回家。再往下就分别在阳台看书，或在客厅听音乐，如此直到傍晚。堇有时像是在自己房间写东西，因为便携式电脑开着，她在啪嗒啪嗒地敲键盘。黄昏时分常出去看渡轮靠岸的情景。我们一边喝冷饮，一边乐此不疲地打量下船的男男女女。”

“感觉上就好像自己漂泊在天涯海角，静静地坐在那里，任何人都看不见我。这里只我和堇两人，别的一律不用考虑。我再也不想从这里离开，哪里也不想去，只想永远如此。当然我也清楚这是不可能的。这里的生活不过是一时的幻想，现实迟早要来抓我们，我们必须返回原来的世界,对吧？但我至少要在那个时候到来之前尽情尽兴享受每一天。实际上我也在纯粹享受这里的生活。当然我说的是四天之前。”

第四天早上两人也和往日一样去海边脱光了游泳,游罢返回又跑去港口。咖啡馆的男侍已记得两人的面孔了(也包括敏总是多放一些的小费),非常友好地打招呼,就两人的美貌说了句不无奉承的话。堇在书报摊买了一份雅典发行的英文报纸,这是将两人同外面世界联结起来的唯一信息源。读报是堇的一项任务。她确认外币汇率,将报纸上重要的或有趣的报道译给敏听。

堇从那天报纸上选来朗读的报道,是关于一位七十岁的老妇人被自己养的猫吃掉的事。事情发生在雅典近郊一座小镇,死者十一年前失去了贸易商丈夫,那以后便以几只猫为伴,在公寓一个两室套间里静静度日,一天心脏病突然发作,倒在沙发上再未醒来。至于从歪倒到咽气过了多长时间,这点不得而知。总之她的灵魂大约经过了应经过的阶段,永远离开了朝夕相处了七十年的载体。她没有定期看望她的亲戚朋友,以致遗体一周后才被发现。由于门关得紧紧的,窗上有窗格,所以主人死后猫们没有办法出去,房间里又没剩食物。电冰箱里估计有吃的东西,但猫们不具备开冰箱门的智力。最后实在饿得忍无可忍了,便肆无忌惮地拿死去的主人充饥。

堇不时啜一口小杯里的咖啡,逐段把这则报道翻译过来。几只小蜜蜂飞来,在前面客人掉下的草莓果酱上急切地舔来舔去。敏透过太阳镜望着大海,倾听堇念的报道。

“后来呢?”敏问。

“就这么多。”说着,堇把对开报纸对折放在桌上。“报上写的只这么多。”

“猫们怎么样了呢?”

“这——”堇把嘴唇扭向一侧想了想说,“报纸这东西哪里的都一样,真想知道的它偏不写。”

蜂们像是感觉到了什么,忽地同时飞起,发出举行仪式般的有规则的羽翅声在空中盘旋,少顷又落回桌面,仍以刚才的执著舔着果酱。

“猫们的命运如何呢?”说着,堇拉了拉偏大的T恤领,拉平皱纹。堇一身T恤加短裤打扮,里面根本没有乳罩三角裤之类。这点敏是偶然知道的。“晓得人肉滋味的猫,放任不管很可能成为食人猫的——大概以此为由处理掉了吧?或者道一句‘也够难为你们的了’而无罪释放不成?”

“如果你是那里的镇长或警察署长怎么办?”

堇考虑了一会儿说:“比如,收进专门设施让它们悔过自新怎么样?使之成为素食主义者。”

“主意不坏。”敏笑道,然后摘下太阳镜,脸朝着堇说:“从这件事上我想起了上初中时最先听到的关于天主教的报告。跟你说过没有——我上了六年管理严格的基督教女校呢!小学阶段在普通的区立小学,从初中开始进了那里。开学典礼结束后,一个老得不得了的修女把全体新生集中到礼堂,讲了天主教道德伦理。修女是法国人,但日语毫无问题。这个那个听她讲了不少。至今还记得的,是人和猫一起漂流到无人岛的故事。”

“哦,有趣。”堇说。

“船遇难了,你往无人岛漂去。坐上救生艇的只有你和一只猫。最后好歹漂到了无人岛,但岛上全是岩石,可吃的东西一样也没有,也没水涌出。小艇上只有够一个人吃十天的干面包和水——情节大体这样。

“讲到这里,修女目光在礼堂扫了一圈,用响亮的声音这样说道:‘请大家闭上眼睛想一想。大家和猫一起漂流到了无人岛。那是汪洋中的孤岛,十天内有人前来搭救的可能性几乎是零。食物和水如果没了,只有死路一条。那么,大家怎么办呢?会因为人猫同样痛苦而把食物分给猫吗?’修女就此合上嘴,再次环视大家。之后继续说下去:‘不能分,分给猫是错误的。记住,大家不可把食物分给猫。这是因为,大家是神所挑选的尊贵存在,而猫不是。所以,面包应该由你独吃。’修女是以严肃的神情说这番话的。

“一开始我还以为是在讲什么笑话,以为后面有逗人笑的噱头收尾。但没有噱头。话题转移到人的尊严和价值上面,听得我莫名其妙,好半天愣在那里。还不是,何苦对刚刚入学的新生特意讲这个呢?我现在都没彻底明白过来。”

堇就此陷入沉思。“那么说,最后吃猫也未尝不可以了?”

“啊,可不可以呢? 毕竟没那么说。”

“你是天主教徒?”

敏摇头说:“不是。碰巧那个学校离家近,就被送去了,加上校服漂亮得很。学校里外国籍的只我一个。”

“没因此有过不愉快?”

“因为韩国籍?”

“嗯。”

敏再次摇头:“学校非常开放,这方面。校规倒是严厉,修女中也有脾气古怪的,但整体气氛很进步,受歧视什么的一次也没体验过。好朋友也交上了,得以度过还算快活的学生时代。不愉快的体验的确有过几次,但那是走上社会以后的事了。不过说起来又有哪个人走上社会后没体验过不愉快呢,原因另当别论。”

“听说韩国人吃猫,真的?”

“这话我也听到过。但实际上我周围没有人吃。”

偏午的广场上几乎不见人影,是一天中最热的时候。镇上的人们都关在凉爽的家中,多数人在享受午睡。这种时候外出的好事者不外乎外国人。

广场上矗立着英雄铜像。他响应本土的起义号召,奋起反抗岛上的土耳其占领军,后来被抓住以穿刺刑处死。土耳其人在港口广场竖起削尖的木桩,把可怜的英雄浑身剥光置于桩尖。由于身体自身的重量,桩尖从肛门缓缓扎入,最后从口腔刺出,但到彻底死去要花些时间。铜像就建在原来立桩的地方。刚建时想必威风凛凛、气宇轩昂,但由于海风、灰尘、海鸥粪以及时间的推移所带来的无可避免的种种损耗,五官都已模糊不清了。岛民们对这座形容枯槁的铜像几乎熟视无睹,而铜像看上去也对世界抱以悉听尊便的冷漠。

“提起猫,我有一段奇妙的回忆。”堇陡然想起似的说,“小学二年级的时候,养了一只出生刚半年的很好看的三色猫。一天傍晚我在檐廊看书,它在院里一棵大松树下绕着树又蹦又跳,兴奋得什么似的。猫时常这样吧?本来无事,却独自呜呜叫个不停,或弓起脊背上蹿下跳,或竖毛翘尾虚张声势。

“猫实在太兴奋了,看样子没注意到我正从檐廊看它。我不得不丢开书本悄悄观察,情形太不可思议了。很久很久猫也不停止这独角戏,或者不如说时间越久表演得越投入,简直像什么灵魂附体似的。”

堇喝了口杯里的水,搔了搔耳朵。

“注视的时间里,我逐渐害怕起来。因为我觉得猫的眼睛好像看到了我看不到的东西,正是那东西使得猫异常兴奋。又过一会儿,猫开始绕着树根一圈又一圈兜圈子,气势汹汹的,就好像连环画里变成黄油的老虎似的。它持续跑了一大阵子,又一溜烟蹿上树干。抬头一看,小小的脑袋从很高很高的树枝间探出来。我从檐廊上大声喊猫的名字，但它似乎没听见。

“不久天黑了，秋末的冷风开始吹来。我仍坐在檐廊上等猫下来。小猫崽跟我混得很熟，我想我在这里它一会儿就会下来的。可是没下来，连叫声都没有。四周一阵黑似一阵。我心里害怕，跑去告诉家人。大家都说很快会下来的，别理它。然而猫最终没有返回。”

“没有返回？”

“嗯。猫就那么消失了，**简直像烟一样**。大家说猫夜里从树上下来，跑到哪里玩去了。又说猫一兴奋就爬高上树，上倒没有什么，但朝下看时往往吓得下不来。还说问题是如果现在还在树上，应该拼命地叫表示自己在那里才是。但是我不那样想。我觉得猫正紧抱着树枝战战兢兢，吓得叫都叫不出来了。所以放学回来我就坐在檐廊上往松树看，不时大声叫它的名字，但没有回音。一个星期过去了，我也只好死心。我很疼爱那只小猫，伤心得不得了。每次看那棵松树，我就想象紧抱着高高的松枝僵挺挺地死去的可怜小猫的样子。小猫哪里也没去成，在那里又饿又渴死掉了。”

堇扬起脸转向敏。

“自那以来再没养猫。现在仍喜欢猫，但当时我已拿定主意：就把那只爬上松树再没归来的可怜小猫作为我唯一的猫。把那个小乖猫忘去一边而疼爱别的猫，在我是做不到的。”

“我们就这样说着话在咖啡馆度过了那天下午。”敏说，“当时只当是普普通通的往事回忆，但事后想来，觉得在那里所讲的一切都是有含义的。当然也可能只是我神经过敏。”

如此说罢，敏把侧脸对着我，眼望窗外。越海而来的风摇曳着带褶的窗帘。她把目光转向夜幕之后，房间的寂静似乎更加深重了。

“有一点想问问，可以么——你的话还没说完，很抱歉——刚才我就觉得是个疑问。”我说，“你说堇在这个岛上下落不明，像烟一样消失了，四天前，并且报告了警察署。是这样的吧？”

敏点点头。

“可是你没有跟堇家里联系，而把我叫来这里，这是为什么呢？”

“堇身上发生了什么，一点线索都没有。情况还没明了就跟堇父母联系，致使他们担心，我不知道这样做对还是不对。为此我相当犹豫来着，最后还是想稍微看看情况再说。”

我想象堇一表人才的父亲乘渡轮来岛的情景。感到痛心的继母也会同行吗？而那样一来，的确非同小可。但我觉得事情似乎已然进入了非同小可的境地。在这么小的岛上，一个外国人四天都没人发现并非小事一桩。

“可你为什么叫我来呢？”

敏上下交换了架起的裸腿，手指捏着裙裾向下拉了拉。

“因为除了你没有能依赖的人。”

“即便一次面也没见过?”

“堇最依赖的就是你,说无论讲什么你都在深层次上全盘接受。”

“不如说那种时候占少数。”我说。

敏眯起眼睛,聚起原来的细小皱纹微微一笑。

我起身走到她面前,从她手里轻轻夺过空了的玻璃杯,去厨房倒了杯古瓦西埃酒①,折回客厅递给她。敏道了谢,接过白兰地。时间在流逝,窗帘无声地晃动了几次。风带有不同水土的气息。

“嗳,你真的想知道实情?”敏问我。她的语调有些干涩,似乎好容易才拿定主意。

我扬脸注视敏:“有一点是不言而喻的——如果我不想知道实情,我不至于来这里,是吧?”

好一会儿,敏以似乎怕晃眼睛的眼神看着窗帘。而后,她以宁静的声音开始了讲述:“事情发生在我们在港口咖啡馆谈猫那天的夜里。”

①法国著名的科涅克白兰地,1796 年曾进献给拿破仑。

9

在港口咖啡馆谈完猫，敏和堇买食品返回别墅。两人像往日那样各自打发晚饭前的时间。堇进入自己房间，对着便携式电脑写东西。敏坐在客厅沙发上，手抱后脑勺，闭目倾听朱利叶斯·卡琴演奏的勃拉姆斯叙事曲。虽是旧唱片，但演奏温情脉脉，十分耐听，没有刻意表现之处，却又曲尽其妙。

“音乐不妨碍你吧?”听的过程中，敏曾经探头到堇的房门里问了一次。门一直开着。

“勃拉姆斯倒不碍事。”堇回头应道。

堇埋头写东西的样子，敏还是第一次看到。堇的脸上浮现出敏此前从未见过的专注，嘴角如捕捉猎物的动物一般紧紧闭着，眸子深不见底。

“写什么呢?”敏问，“新斯普特尼克小说?”

堇略微放松了一下嘴角，“不是什么大不了的，随想随写罢了，或许日后用得上。”

坐回沙发，敏心想，若能把一颗心沉浸在用音乐描绘于午后天光之中的小天地里，美美地弹奏一段勃拉姆斯，该有多妙啊！往日的自己最弹不好的就是勃拉姆斯的小品，尤其是叙事曲。自己未能把全副身心投入到那充满流转而虚幻的阴翳与喟叹的境界中。现在的自己应该能比那时候弹得优美多了。然而敏心里清楚——**自己已经什么都弹不成了**。

六点半，两人一起在厨房做饭，然后并坐在阳台桌前吃着。有香草味的鲷鱼汤、蔬菜色拉和面包。开了一瓶白葡萄酒，饭后喝了热咖啡。渔船从岛的阴影里闪出，划出短短的白色航迹驶入港湾。想必家里热腾腾的饭菜正等待着渔夫的归来。

“对了，我们什么时候离开这里呢？”堇一边在洗涤槽洗碗一边问。

“再在这里舒服一个星期——那是极限了。”敏看着墙上的挂历说，“作为我倒是想永远这么待下去。”

“**作为我**当然也是。”说着，堇嫣然一笑，“不过不可能啊，美好的事物迟早都要成为过去。”

两人跟往常一样，十点前撤回自己房间。敏换上白色的棉质长睡衣，头沉进枕头，很快睡了过去。但没睡多久，便像给自己的心脏跳动摇醒似的睁开眼睛。看枕边的旅行闹钟，十二点刚过半。房间漆黑漆黑,一片沉寂。尽管如此,还是感觉得出好像有个人屏息敛气潜伏在近旁。她把被拉到脖子,侧耳细听。心脏在胸腔内击出尖锐的信号音,此外一无所闻。然而毫无疑问有人在那里,并非不祥梦境的继续。她伸出手,悄悄把窗帘拉开几厘米。水一般淡淡的月光爬了进来。敏转动眼珠在房间里搜寻。

眼睛习惯黑暗之后,发现房间角落有个黑魆魆的轮廓一点点现出。角落位于靠近门口的立柜阴影里,是黑暗最深最集中的地方。**那个**轮廓较为低矮,粗粗的圆圆的,仿佛被遗忘了的大邮袋。也可能是动物。莫非大狗?但外面的门上了锁,房间门也关了,狗不可能自行进来。

敏静静地呼吸,定睛凝视**那个东西**,口中沙沙发干,睡前喝的白兰地还多少有点儿余味。她又伸手拉了下窗帘,让月光多泻入一些。她像梳理乱糟糟的毛线一样,一点点地分辨着那黑块的轮廓线。这是一个人的身体,头发垂在身前,两条细腿弯成锐角。是谁坐在地板上,头夹在两腿之间缩成一团,样子就像要避开从天而降的物体。

是堇。她仍身穿那件蓝色睡衣,在门与立柜之间虫一样弓身蹲着不动,一动也不动,连呼吸都听不见。

明白怎么回事后,敏舒了口气。可是,堇在这样的地方到底要做什么呢?她在床上悄然起身,打开床头灯。黄色的光无所顾忌地照亮房间的每一角落,但堇仍纹丝不动,甚至开灯都似乎没觉察到。

“喂,怎么了?”敏招呼道,起始小声,继而加大了音量。

没有反应。敏的语音好像没有传到对方耳畔。她下床走到堇那里。地毯在她脚底下比往日更觉粗糙。

“身体不舒服?”敏蹲在堇身旁问。

仍无反应。

这时敏发现堇嘴上衔着什么——平时放在洗脸间的粉色擦手毛巾。敏想取下,取不下来,堇咬得紧紧的。眼睛虽睁着,但什么也没看。敏不再往下取毛巾,把手放在堇肩上,发觉睡衣湿得一塌糊涂。

“睡衣还是脱下来吧。”敏说,“出这么多汗,这样子要感冒的。”

然而堇看上去处于一种恍惚状态中,耳无所闻,眼无所见。敏打算先把堇的睡衣脱下来再说,不脱会着凉的。虽说时值八月,但岛上的夜晚有时凉得令肌肤生寒。两人每天都一丝不挂地游泳,目睹对方裸体也已习惯了,何况是这么一种情况,随便脱堇的衣服估计她也不会介意的。

敏撑起堇的身体解开睡衣扣,慢慢脱去上衣,接着把裤子也脱了。一开始堇的身体硬挺挺的,随后一点点放松,不久完全瘫软了。敏把毛巾从堇口中取下。毛巾满是唾液,上面清晰地印着仿佛是某种替身的齿痕。

堇睡衣里面什么也没穿。敏拿过旁边的毛巾,擦堇身上的汗。先擦背,然后从两腋擦到胸部,再擦腹部,腰到大腿之间也简单擦了。堇老老实实地任凭处置,仍好像人事不省,但往她眼里细看,好歹可以看出其中类似知觉的蛛丝马迹。

触摸堇的裸体敏还是头一次。堇的皮肤很细腻，小孩儿般滑溜溜的，但一抱却意外地重，一股汗味儿。给堇擦着身子，敏感觉心跳再次加剧，口中积满唾液，不得不咽下几次。

在月光的沐浴下，堇的裸体如古瓷一般晶莹。乳房虽小，形状却很工致，一对乳头挺在上面。下面黑乎乎的毛丛出汗出湿了，犹如挂着晨露的草丛一般光闪闪的。在月华下失去气力的堇的裸体，看上去同海滨强烈阳光下的截然不同。不无别扭地剩留下来的孩子气部分同因时间推移而盲目催发的一系列新的成熟，如漩涡一般混合在一起，勾勒出生命的创痛。

敏觉得自己似乎在窥看不该看的他人秘密，于是尽量把视线从肌肤处移开，一边在脑海里捕捉儿时谙熟的巴赫小曲，一边用毛巾轻擦堇的肢体，擦她出汗出得贴在额头的发。堇就连小小的耳孔也出了汗。

之后，敏发觉堇的胳膊悄然搂着自己的身体，呼出的气碰在自己脖颈上。

“不要紧?”敏问。

堇没有回答，只是胳膊稍微加了点力。敏连抱带拖地把堇放在自己床上，让她躺下，盖上被，堇乖乖躺倒，这回合上了眼睛。

敏观察了一会儿堇，堇就那样一动不动，似乎睡了过去。敏走到厨房，连喝了几杯矿泉水，喝罢坐在客厅沙发上，慢慢做深呼吸让心情平复下来。悸动是差不多过去了，但持续好半天的紧张使得肋骨有一块隐隐作痛。四下被包围在几乎令人窒息的岑寂中。无人声，无犬吠，无拍岸的波涛，无吹来的阵风，万籁俱寂。为什么竟然静到这般地步呢？敏感到有些不可思议。

敏进入卫生间，将堇出汗弄湿的睡衣、擦汗的毛巾、她咬过的毛巾投进衣篓，然后用香皂洗了把脸。她端详着映在镜中的自己的脸。来岛后没再染发，头发白得如刚刚落地的白雪。

折回卧室，见堇睁着眼睛。尽管眼睛上仍薄薄地蒙有一层不透明的膜，但意识的光闪已重新出现。堇把被拉到肩头躺着。

"对不起，偶尔会这样子的。"堇用嘶哑的声音说。

敏坐在床角，淡淡一笑，伸手摸堇的头发。头发里的汗仍未干。"最好冲个淋浴，汗出得够厉害的。"

堇说："谢谢。不过暂时不想动。"

敏点头把新浴巾递到堇手里，从自己抽屉里拿出新睡衣，放在枕边。"穿这个好了，反正你没有备用的睡衣吧？"

"嗳，今晚就让我睡这儿好么？"堇说。

"好好，就这么睡好了。我在你床上睡。"

"我的床怕是湿透了，"堇说，"被褥也好什么也好。再说我不愿意一个人待着，别把我一个人扔在这儿。能睡在旁边吗？一个晚上也好。不愿意再做噩梦。"

敏想了想，点头说："不过你得先穿上睡衣。这么窄的床旁边有人光着身子，毕竟心神不定。"

堇缓缓起身，钻出被窝，光身站在地板上，开始穿敏的睡衣。先弯腰穿裤子，接着穿上面的。系扣子花了些时间，指尖似乎用不上力。但敏没有帮忙，只静静看着。堇系睡衣扣的姿势俨然是某种宗教仪式，月光给她的乳头以奇妙的硬感。敏蓦地心想，这孩子说不定是处女。

穿罢丝绸睡衣，堇重新上床，紧靠里侧躺下。敏也上床，床上还有一点刚才的汗味儿。

“嗳，”堇说，“抱一下可好？”

“抱我？”

“嗯。”

敏不知如何回答，正犹豫着，堇已伸出手，握住她的手。手心也有汗感。手暖融融软乎乎的。随后，堇双手拢住敏的背，乳房贴在敏腹部偏上一点儿的位置，脸颊放在敏双乳之间。两人长时间以如此姿势躺着。这工夫，堇的身体开始微微颤抖。敏以为堇要哭，但似乎哭不出。她把手绕到堇肩上，搂近一些。还是孩子，敏心想，又孤单又害怕，渴望别人的温存，像紧紧趴在松树枝上的小猫一样。

堇把身体往上蹭了蹭，鼻尖触在敏脖颈上。两人乳房相碰。敏咽下口腔里的唾液。堇的手在她背部摸来摸去。

“喜欢你。”堇小声细气地说。

“我也喜欢你的。”敏说。此外她不晓得怎么说好，而且这也是实话。

接着，堇的手指开始解敏睡衣前面的扣子。敏想制止，但堇没有理会。“只一点点，”堇说，“真的就一点点。”

敏无法抗阻。堇的手指放在敏乳房上，轻轻描摹敏乳房的曲线，鼻尖在敏脖颈上左右摇动，旋即手指接触敏的乳头，轻轻抚摸、捏揉。一开始畏畏缩缩，继而稍稍用力。

敏就此打住，扬起脸，以若有所寻的目光看着我，脸颊略略泛红。

“我想还是对你解释一下好：过去碰到一桩怪事，致使头发一下子全白了，一夜之间，一根黑的没剩。那以来一直染发。但一来堇晓得我染发，二来来岛后觉得麻烦，就没再染。这里了解我的人一个也没有，怎么都无所谓，我想。不过知道你可能要来，又染黑了。不想第一次见面就给人以古怪的印象。”

时间在沉默中流逝。

“我没有同性恋经验，也不曾认为自己有那种倾向。不过，如果堇认真需求那个，觉得满足她也未尝不可。至少没有什么厌恶感——当然仅限于同堇。所以，当堇的手指到处抚摸我的身体，舌头伸进我嘴里时，我没有抵抗。心里是有些怪怪的，但我准备听之任之，只管由堇去做。我喜欢堇，如果她能因此觉得幸福，无论她怎么样都没关系。

“可是，我就是再那么想，但我的身体和我的心不在一处。明白么？通过被堇那么如获至宝地触摸自己的身体这件事情本身，我在某种程度上甚至感到高兴。但不管我心里怎么想,我的身体却在拒绝她,不愿意接受堇。身上兴奋的唯独心脏和脑袋,其他部位则像石块一样又干又硬。悲哀是悲哀,但无可奈何。堇当然也感到了。她的身体热辣辣的,软绵绵湿乎乎的。可我没办法配合。

“我跟她说了:不是我拒绝你,但我无能为力。十四年前发生**那桩事**以来,我就再也无法同**这世上**的任何人沟通身体了。这点早已在别的什么地方被确定下来。我还向她表示,凡是我能做的我都可以做,也就是说用我的手指、口什么的。但她需求的不是这个,这点我也明白。”

“她在我额头轻吻一下,说声对不起。‘我只是喜欢你,苦恼了好久,可还是不能不这样做。’‘我也喜欢你的。’我说,‘所以别介意,往后也希望和你在一起。’

“往下好半天堇都把脸埋在枕头里,简直像决堤一般大哭起来。那时间里我一直摸着她的裸背,从肩头到腰间,用指尖一一感受她骨骼的形状。我也想和堇一同流泪,可我又不能哭。

“那时我懂得了:我们尽管是再合适不过的旅伴,但归根结蒂仍不过是描绘各自轨迹的两个孤独的金属块儿。远看如流星一般美丽,而实际上我们不外乎是被幽禁在里面的、哪里也去不了的囚徒。当两颗卫星的轨道偶尔交叉时,我们便这样相会了。也可能两颗心相碰,但不过一瞬之间。下一瞬间就重新陷入绝对的孤独中。总有一天会化为灰烬。”

“哭了一气,堇爬起身,拾起掉在地板的睡衣悄悄穿上。”敏说道,“她说想回自己房间一个人待一会儿。我说别想得太多太深,明天又开始不同的一天,种种事情肯定照样顺利的。堇说‘是啊’,弯腰和我贴脸。她的脸颊湿湿的暖暖的。我觉得堇对着我的耳朵悄悄说了句什么。但声音实在太小,没能听清。再要问时,堇已转过身去。”

“她用浴巾擦了一下脸上泪水,走出房间。门关上了,我重新缩进被窝闭起眼睛。原以为这样的事情过后肯定很难睡着,不料很快睡了过去,睡得很实,不可思议。

“早上七点醒来时,房子里哪里也找不见堇。想必醒得早(说不定根本没睡),一个人到海滩去了——她说想一个人待一会儿来着。一张纸条也没留是有点反常,大概昨晚的事让她心里乱七八糟的吧。

“我洗了衣服,晾了堇床上的被褥,然后在阳台上看书等她回来,然而快中午也没返回。我觉得不对头,去翻她的房间——虽然这样不合适,但毕竟放心不下,怕弄不好她一个人离岛而去。但东西都像往日那样摊在那里,钱包和护照也在,房间一角仍晾着游泳衣和袜子。桌上散乱地放着零币、便笺和各种钥匙。钥匙里还有这别墅大门的。

“有一种不快感。因为,我们去海边时每次都穿上结结实实的网球鞋,在游泳衣外面套上T恤以便爬山,还要把毛巾和矿泉水塞进帆布包。然而帆布包也好、鞋也好、游泳衣也好,都剩在房间里,消失的只有在附近杂货店买的廉价凉鞋和我借给的薄绸睡衣。就算是去附近散一会儿步，那副打扮也是不宜在外久留的，是吧？

“那天下午我一直在外面到处找她。在房子附近转来转去，海边去了一趟，镇里也去了，在街上来回走动，又回家看，但哪里也没有堇的踪影。天渐渐黑下来，到了夜晚。和昨晚不同，风很大，涛声持续了一夜。这天夜里再小的动静都能使我醒来。门没上锁，天亮堇也没回来。她的床仍是我拾掇过的样子。于是我跑到了港口附近的当地警察署。”

“警官中有人能讲一口流利英语，我说了情况，告诉他一起来的女伴失踪了，两晚上没回来。但对方没当一回事，说‘贵友很快会回来的’。常有的事。这地方人们嬉闹成风，又是夏天，又都年轻。第二天再去的时候，这回他们比第一天多少认真些了，但还是懒得出动。于是我给雅典的日本领事馆打电话说了情况，所幸对方人很热情，他用希腊语对警察署长强调了什么，警察这才真正开始搜查。

“可是找不到线索。警察在港口和我们住处附近问询了一番，但没有人见过堇。渡轮的船长和售票处的人也说记忆中这几天没有年轻日本女子乘船。如此看来，堇应该还在岛上才是。何况她身上连买渡轮票的钱都没带。再说在这个狭小的岛上，一个年轻日本女子一身睡衣走来走去不可能不引人注意。也有可能在海里游泳时溺水了。警察找到一直在山那边游泳的德国中年夫妇打听，那对夫妇说无论海上还是来回路上都没见到日本女性。警察保证全力搜查，实际上我想也出了不少力气。但还是一无所获,时间白白过去了。”

敏深深吁了口气,双手掩住下半边脸。

“只好往东京打电话请你前来,因为已经到了我一个人完全无能为力的地步。”

我想象堇一个人在荒山野岭中走来蹿去的身影——一身薄薄的丝绸睡衣,一双沙滩凉鞋。

“睡衣什么颜色?”我问。

“睡衣颜色?”敏神情诧异地反问。

“就是堇失踪时穿的那件睡衣。”

“是啊,什么颜色来着?想不起来。在米兰买的,一次也没上身。什么颜色来着?浅色,浅绿色,非常轻,兜也没带。”

我说:“请再给雅典的领事馆打一次电话,让那边派一个人来岛,无论如何。同时请领事馆跟堇的父母取得联系。知道你心里有负担,但总不能瞒下去吧?”

敏微微点头。

“如你所知,堇多少有点极端,做事有时超出常规,不过不至于瞒着你四天夜不归宿,”我说,“在这个意义上她算是地道的。所以,堇四天都没回来,是有其没回来的缘由的。什么缘由自是不清楚,想必非同一般。也许走路掉进井里,在井里等人搭救。或者硬给人拉走杀了埋起来也未可知,毕竟年轻女子穿一件睡衣深更半夜在山里走,什么事都可能发生。总之必须尽快想办法。但今天还是先睡觉吧,明天恐怕又是漫长的一天。"

"堇她,我是说……不能设想在哪里自杀吧?"

我说:"自杀的可能性当然不能说完全没有。不过假如堇决心自杀,该有留言才是,而不会这样一走了之给你添麻烦。何况她喜欢你,会考虑到剩下来的你的心情和处境的。"

敏抱着双臂注视了一会我的脸:"真的那么认为?"

我点点头:"没错。性格如此。"

"谢谢,这是我最想听到的。"

敏把我领到堇的房间。房间了无装饰,四四方方,恰如巨大的骰子。一张小木床,一张写字桌,一把椅子,一个小立柜带一个装零碎物品的抽屉。桌腿下放一个中号红旅行箱。正面窗口对着山。桌上放着崭新的苹果牌便携式电脑。

"她的东西收拾了,以便你能睡得着。"

剩下我一个人,突然困得不行。时间已近十二点,我脱衣钻进被窝,却又难以入睡,心想直到前几天堇还在这床上睡来着。而且长途旅行的亢奋还如尾音一样留在体内。在这硬板床上,我竟陷入了错觉,恍若自己仍在移行途中。

我在被窝里回想敏那番长话,试图将要点整理排序。但脑袋运转不灵,无法系统考虑问题。算了,明天再说吧。接着,我蓦地想到堇的舌头进入敏口中的情景。这也明天再说好了。遗憾的是并无什么根据表明明天会好于今天。但不管怎样,今天再想也全然无济于事。我闭上眼睛,很快沉入昏睡之中。

10

醒来时,敏正在阳台上摆早餐。八点半,崭新的太阳将崭新的阳光洒满世界。敏和我坐在阳台桌边,望着波光闪闪的大海吃早餐。吃的是烤面包片和鸡蛋,喝的是咖啡。两只白色的鸟从山坡朝海边滑行一般飞去。附近什么地方传来广播声,播音员以希腊语飞快地朗读新闻。

脑袋正中央仍有时差带来的奇妙的麻痹感。也是由于这个缘故,没办法分清现实与恍若现实之间的界线。我正在这个希腊小岛同昨天初次见面的美貌年长女性共进早餐。这女性爱堇,但感觉不到性欲;堇爱这个女性,且能感到性欲;我爱堇,并有性需求;堇虽然喜欢我,但不爱,也感觉不到性欲;我可以在别的匿名女性身上感觉到性欲,但不爱。委实复杂得很,一如存在主义戏剧的剧情。一切都在这里走到尽头,谁都无处可去。别无选择余地。堇独自从舞台上消失了。

敏往我喝空的杯里倒了咖啡。我说谢谢。

“你是喜欢堇的吧?”敏问我,“就是说作为女人。”

我往面包片涂着黄油,轻轻点了下头。面包又凉又硬,要花时间才能扯开。我抬头加上一句:“这恐怕是由不得选择的。”

我们继续默默地吃早餐。广播里新闻播完,传出希腊音乐。有风吹来,九重葛随风摇曳。凝目望去,海湾里跳跃着无数白灿灿的微波细浪。

“反复想了一会,我打算今天尽早去一趟雅典。”敏剥着果皮说,“电话恐怕解决不了问题,还是直接找领事馆面谈为好。作为结果,或许把领事馆的人领来这里,也可能等堇的父母到雅典后一起跟来。不管怎样——可以的话——要请你待在这里。一来岛上的警察说不定有事要找,二来堇一晃返回的可能性也是有的。这样相求可以吗?”

我说没关系。

“我这就去警察署问一下搜查经过,然后租只小艇去罗得岛。往返要花时间,所以得在雅典找旅馆住下。也就两三天吧。”

我点点头。

剥完橙皮,敏用餐巾小心地擦拭刀刃。“对了,你可见过堇的双亲?”

我说一次也没见过。

敏长长地——长得如同吹过世界尽头的风——喟叹一声。“那,到底如何解释才好呢?”

我也很理解她的困惑。无法解释的事又能如何解释呢!

我送她去港口。敏拎一个装替换衣服的小旅行包,脚上一双后跟略高些的皮鞋,肩上一个 Mila Schön 挎包。我和她一同去警察署听了情况。我权且充作偶尔来附近旅行的敏的亲戚。线索依旧是零。“不过放心好了!”他们一脸明朗,“没必要那么担惊受怕。喏,岛上充满和平。当然不是说犯罪绝对没有。有人争风吃醋,有人烂醉如泥,政治上的争吵也是有的,毕竟人的营生,全世界哪儿都一样。但那都是窝里斗,过去十五年间,没发生过一次针对外国人的严重犯罪。”

或许果真那样。但若问堇身上发生了什么,我们又无法向他们说明。

“岛的北面有个大钟乳洞,要是稀里糊涂进了那里,怕是很难出来。”他们说,“因为里面迷宫一样复杂。可那里离这儿很远很远,小姐无论如何也走不去的。”

我问有没有海里溺水的可能性。

他们摇头:“这一带没有强大海流。再说这一星期天气还算不错,海也没怎么发脾气,每天都有很多渔民出海捕鱼。万一小姐游泳溺水,肯定有人发现。”

“井怎么样呢?”我问,“不能设想某处有个深井,散步时掉了进去?”

警官摇头："这岛上谁都没有掘井，因为没那个必要。水到处自动涌出，有几个泉眼从不干涸。何况岩盘那么硬，挖洞谈何容易。"

走出警察署，我对敏说："可以的话，早上我想去你俩每天都去的山那边的海滩看看。"

她在书报摊买了一张岛的简图，标出路线，提醒说单程要走四十五分钟左右，最好还是穿结实些的鞋。之后她走去码头，半用法语半用英语，很快同开出租艇的人谈妥了租费。

"但愿一切都顺利。"分别时她对我说。但那眼神却另有所语。事情不可能那么一帆风顺，这点她晓得，我也明白。小艇引擎响起，她左手按帽，向我挥动右手。她乘的小艇在港外消失后，我觉得身上有几个小部件被人拔去了。我绕着港口怅怅地转了一圈，在礼品店买了一副深色太阳镜，然后爬上很陡的石阶，折回别墅。

随着太阳的升高，炎热也在升级。我在游泳衣外套了半袖棉布衫，戴上太阳镜，穿上轻便运动鞋，沿着又窄又险的山路往海滨走去。没戴帽子是一大失策，但后悔已经来不及了。爬坡爬不一会儿喉咙便干了。我停下来喝口水，把敏借给的防晒霜涂在脸和胳膊上。路面一层雪白雪白的浮尘，强风一吹便四下飞起。不时同牵驴的村民擦肩而过。他们大声向我寒暄：**"卡里妹拉！"**我也报以同样的寒暄。发音大致不错，我想。

山上树木茂密,都长得很矮,弯弯曲曲。满是岩石的斜坡上山羊和绵羊神情抑郁地往来走动,颈铃叮叮当当发出声声脆响。照看家畜的主要是小孩儿和老人们。我路过时,他们首先斜眼觑一下,之后像表示什么似的约略扬一下手。我也同样扬手致意。的确,堇不可能独自在这样的地方徘徊。无处藏身,必给别人看见。

海滨不见人影。我脱下半袖衫和游泳衣,赤条条钻入海去。水很舒服,清澈透明。游到海湾后又游了好一段距离。海底的石头都历历可见。海湾入口处停着一只很大的帆船,落下风帆后高耸的桅杆如巨大的节拍器左右摇晃。但甲板上似乎无人。波浪撤退时,只留下卷走无数小石子的抑郁的沙沙声。

游了一阵子,我返回沙滩,赤身裸体躺在浴巾上面,仰望蔚蓝的寥廓长空。海鸟在海湾上方盘旋着搜寻鱼踪虾影,天幕一丝云絮也见不到。躺下大约三十分钟,迷迷糊糊打了个盹。这时间里,海滩上连一个来客都没有。不觉之间,我的心情竟奇异地平静下来。相对于自己孤单单一人来访,这海滩实在太静了,太美了,其中有令人想起某种死亡方式的东西。我穿起衣服,沿同一山路赶往别墅。炎热越来越厉害。我一边机械地移动两腿,一边推测着堇和敏两人走这条路时有何所思何所想。

她们有可能围绕着自己身上的性欲想入非非,就像我同堇在一起时不时考虑自己的性欲一样。我不难想象身旁有敏时堇的心情——她难免在脑海里推出敏的裸体,恨不得一抱为快。那里有期待,有亢奋,有失望,有迷惘,有尴尬,有怯懦。心一忽儿膨胀一忽儿收缩。一切既好像风和日丽,又似乎一片凄迷,最终是一筹莫展。

我爬到山顶,歇口气,喝口水,开始下坡。望得见别墅房顶时,我想起敏的话——来岛后堇开始闷在房间里一个劲儿写什么。堇到底写什么了呢?对此敏没再说什么,我也没问。不过,堇写的东西里边可能藏有她失踪的线索。自己为什么没意识到这点呢?

回到别墅,我马上去堇的房间,打开便携式电脑,启动硬盘。没发现像样的东西。无非事务性的,且统统与敏的生意有关:此次欧洲之行的开销明细账、通讯录、日程表。她私人性质的一概没有。用“菜单”调出“最近所用文件”,但上面没留下任何记录。大概有意删掉了吧。堇不愿意别人随便看。果真如此,她应把自己写的东西复制在软盘上藏在什么地方。很难认为堇会带着软盘失踪,何况睡衣连兜都没有。

我翻看桌子抽屉。软盘是有几张,但全部是硬盘已有内容的复制,或别的工作资料。没找到大约有意思的东西。我坐在桌前思索:若自己是堇,将把软盘藏于何处?房间狭小,根本不存在足以藏东西的位置。而堇在别人翻看自己所写东西这点上是极为神经质的。

当然是红旅行箱。房间里上锁的只有此箱。

崭新的红旅行箱像空的一样轻，摇晃也没有声响，但四位密码锁是锁着的。我试用堇可能使用的号码：她的生日、住址电话号码、邮政编码……哪个都不灵。理所当然。任何人都猜得出的号码不能用作密码，密码应该是尽管堇熟记于心、却又同她个人资料无关的数字。我沉思良久，忽然心生一念：不妨用国立市即我的市外电话局号一试：0425。锁应声开了。

箱内侧的隔袋里塞有一个黑色小布包。拉开拉链，里边是绿面小日记本和软盘。我先查看日记，是她一如往常的字迹，但上面没有任何有意思的东西：去了哪里干了什么，见了谁，旅馆名称，汽油价格，晚饭食谱，葡萄酒商标名及其味道的倾向，如此而已。而且几乎是把单词枯燥地连在一起，只字未写的空白页不如说更多一些，看来写日记不是堇擅长的事项。

软盘没有名称，标签上只有以堇特有的字体写着的日期：19 × ×年 8 月。我把软盘塞进电脑打开，菜单上有两个文件，两个都没标题，仅 1 和 2 两个编号。

打开文件之前，我缓缓地环视了一遍房间。立柜上挂有堇的上衣，有她的防风镜，有她的意大利语辞典，有护照，抽屉里有她的圆珠笔和自动铅笔。桌前的窗口外面，岩石遍布的徐缓的斜坡伸展开去。邻家院墙上一只极黑的猫在走动。了无装饰的这个四方形房间笼罩在午后的沉寂中。闭上眼睛,耳底还剩有不断冲刷清晨无人沙滩的海涛声。我重新睁开眼睛,这回朝现实世界竖起了耳朵。一无所闻。

双击图标,文件打开了。

11

文件 1

“人遭枪击必流血”

现在,我作为说来话长的命运的**暂时性**归结(命运难道真的存在暂时性以外的归结吗?这是个令人兴味盎然的问题,但这里姑且不谈),置身于这个希腊海岛,一个直到最近甚至连名字都没听说过的小岛。时间……凌晨四时刚过,当然天还没亮。素洁的山羊们正沉潜在平稳的集约性睡眠中。窗外田野排列的橄榄树将继续吮吸一会儿富有营养的深重的黑暗。月照例有。月犹如闷闷不乐的司祭一般冷冰冰地蹲在屋脊,双手捧出不孕的海。

不管在世界何处,我都最喜欢——较之其他任何时刻——这一时刻。这一时刻是属于我一个人的。而我正伏案写这篇文章。不久将天光破晓,新的太阳将如从母亲腋下(右侧还是左侧呢?)出生的佛陀一样从山端蓦然探出脸来。少顷,足智多谋的敏也将静静睁开双眼。六点我们将做简单的早餐,吃罢翻过后山前往美丽的海岸。在如此一天开始之前,我(挽起袖口)准备把这件事处理完毕。

若不把几封长信计算在内,我已有好长时间没有纯粹为自己写文章了,所以能否顺利写到最后我完全没有信心。不过回想起来,所谓“顺利写到最后”的信心云云,有生以来岂非一次也不曾有过么！我只是禁不住要写才写的。

为什么禁不住要写呢？原因一清二楚:为了思考什么,首先必须把那个什么诉诸文字。

从小就一直这样。每当有什么不明白的事,我便一个个拾起脚下散落的语言拼凑成文章。倘若那文章无济于事,便重新分解开来,改拼成另一形式。如此几经反复,自己终于得以像一般人那样思考事物了。对我来说,写文章既不怎么麻烦又非难以忍受,如同别的小孩拾起漂亮石粒和橡籽一般,我则入迷地写文章。我像呼吸一样极为自然地用纸和铅笔一篇接一篇写文章,并且思考。

也许你会说——也许不说——每次思考问题都一一费此周折,得出结论岂不费时间？实际上也花了时间。上小学时周围人就以为我大概“智力滞后”。我没有办法同班上其他孩子同步前进。

这种误差带来的不适应感,小学毕业时已减轻许多。我在某种程度上学会了让自己同周围环境合拍的方法。但那误差本身在我从大学退学、同正正规规的人断绝往来之前始终挥之不去,犹如草丛中沉默的蛇。

这里姑且列出命题:

我日常性地以文字形式确认自己

是吧?

是的!

这么着,迄今为止我写下了数量相当之多的文章,日常性地——差不多每天。就好像独自一人以极快的速度不屈不挠地割着辽阔牧场上持续疯长的草。今天割这里,明天割那里……而割了一圈返回时草又长回原样,一片葳蕤,沙沙作响。

然而碰上敏后,我就几乎**不再写文章了**。这是为什么呢? K 所讲的创作 = 传达之说十分有说服力。就事物的一个侧面来说,此言或许不差。但我觉得又不尽然。呃,要考虑得单纯些,单纯,单纯。

就是说,我恐怕停止思考了——当然是我个人定义上的思考。我像一对重合起来的勺子一样紧紧贴着敏,同她一起被冲往某个地方(应该说是某个莫名其妙的地方),而自己又觉得未尝不好。

或者不如说我有必要最大限度地轻装上阵,以便同敏形影不离,就连思考这一基本运作对我都成了不小的负担。总之只能如此。

牧场的草即使长得再高,也已与我无关(哼!)。我只管咕噜一声躺在草丛里,仰望长空,欣赏流移的白云,并将命运托付给白云,将心轻轻交给水灵灵的青草的气息,交给天外来风的低吟。甚至自己知道什么不知道什么的区别,对我都已无所谓。

不,不对,那本来对我就是无所谓的,必须叙述得准确些,准确,准确。

回想起来,即使自己知道(以为知道)的事,也是姑且作为不知道的事处理成文章这一形式的——这是我写东西的最初规则。一旦开始认为"啊,此事我知道,用不着特意花时间去写",那可就寿终正寝了。我大概哪里也去不成。具体说来,假如我认为自己对身边某个人了如指掌、无须一一思考,因而放下心来,我(或者你)就可能被彻底出卖。我们自以为知之甚多的事物的背后,无不潜伏着等量的未知因素。

所谓理解,通常不过是误解的总合。

这是我认识世界的一个小小的方法(请勿外传)。

"知道"和"不知道",其实如暹罗双胞胎[①]一样天生难分难解,作为混沌而存在。混沌,混沌。

到底有谁能分辨出海与海的投影呢?或分辨出下雨与凄凉呢?

---

① 1811 年在暹罗(今泰国)诞生的一对连体婴儿。

我就是这样毅然放弃了知与不知的辨析。这是我的出发点。换个想法,也许是糟糕透顶的出发点。不过人们——是的——总是要先从某处出发才行,是吧? 这样,势必将一切事物——立意与体裁、主体与客体、原因与结果、我与我的手指节——作为不可辨析之物来把握。说起来,所有粉末都散落在厨房地板上,盐也好胡椒也好面粉也好马铃薯淀粉也好统统混在一起。

我和我的手指节……呃,意识到时,我又坐在电脑前弄响手指节了。戒烟后不久,我又捡起了这个坏毛病。我先咯嘣咯嘣按响右手五指的根部关节,接着咯嘣咯嘣按响左边的。非我自吹,我可以势如破竹地让关节发出极大的声响——空手折断什么东西的脖子时那样的不祥声响。在声音之大这点上,从小学开始就不亚于班上的男孩子。

上大学后不久,K 悄声告诉我那不是什么值得赞赏的特技,到一定年龄的女孩子,起码不宜在人前咯咯嘣嘣大按其手指节。那样子,看上去简直成了《来自俄罗斯的爱》里的罗特·雷尼亚。既然如此,为什么这以前其他任何人都不这样提醒我呢? 我觉得言之有理,努力改了这毛病。罗特·雷尼亚我自是喜欢得不行,但给人家那么看我可不干。不料戒烟之后,忽然发觉自己又对着桌子下意识地弄响了手指节。咯嘣咯嘣咯咯嘣嘣。我的名字叫邦德,詹姆斯·邦德。

回到原来的话题。时间不多,没工夫绕弯子。现在顾不得什么罗特·雷尼亚了。没时间玩弄比喻。前面也说了,我身上“知(自以为知)”与“不知”无可回避地同居共处。多数人在两者之间姑且立一屏风,因为那样既舒服又方便,我则索性把那屏风搬走。我不能不那样做,我讨厌什么屏风,我就是这么一个人。

不过,若允许我再使用一次暹罗双胞胎这个比喻的话,那么就是说她们并非总是和睦相处的,并非总是力求相互理解的。莫如说相反情况更多。右手不知左手要做的事,左手不晓得右手想干什么。我们便是这样不知所措、自我迷失……继而与什么冲撞,“嗵”!

我在这里想要表达的是,人们若想让“知(自以为知)”与“不知”和平共处,那么必须相应地采取巧妙对策。而所谓对策——是的,是那样的——就是思考。换言之,就是要把自己牢牢联结和固定在哪里。否则,我们势必闯入荒唐的、惩罚性的“冲撞跑道”。

设问。

那么,为了真正做到不思考(躺在原野上悠悠然眼望空中白云,耳听青草拔节的声响)并避免冲撞(“嗵”!),人到底怎么做才好呢?难?不不,纯粹从理论角度说简单得很。C'est simple.[①]做梦!持续做梦!

①法语“这很简单”之意。

进入梦境,再不出来,永远活在里面。

梦中你不必辨析事物,完全不必。因为那里压根儿不存在界线这个劳什子。故而梦中几乎不发生冲撞,纵然发生也不伴随疼痛。但现实不同。现实满脸凶相。现实、现实。

过去,山姆·佩金柏[1]导演的《野性同伴》上演的时候,一个女记者在记者招待会上举手提问:“到底有什么理由非描写大量流血不可呢?”提问的声音很严厉。演员亚内斯特·勃格纳因以困惑的神情回答:“记住,小姐,人遭枪击必流血。”电影是越南战争白热化阶段拍摄的。

我中意这句台词。这恐怕是现实的根本。事物若难以区别,那就作为难以区别的事物予以接受,包括流血。枪击和流血。

记住,人遭枪击必流血。

正因如此,我才老是写文章。我在这个领域、这个作为日常性、持续性思考的外沿的无名领域里受孕怀梦——怀上了浮在排斥理解这一铺天盖地势不可挡的羊水之中的、被冠以理解之名的无眼胎儿。我写的小说所以长得无可救药以致无法收尾,原因恐怕就在这里。我还没

---

①美国电影导演(1925—1984)。

有能力支撑与其规模相适应的补给线,在技术上或道义上。

但这个不是小说。怎么说好呢,总之仅仅是文章,无须巧妙收尾,我只是出声地思考而已。在这里,我身上没有所谓道义责任之类。我……唔,只是思考罢了。我已有好长时间什么都没思考了,往后一段时间大概也不会思考什么。不过反正此时此刻我在思考,思考到天明。

话虽这么说,却又无法排除每次都如影随形地出现的隐隐约约的疑念。莫非我在向毫无用处的东西一味倾注时间与精力不成?莫非我提着沉重的水桶马不停蹄地赶往连绵阴雨弄得大家束手无策的场所不成?难道我不应该放弃画蛇添足的努力而单纯地委身于自然的河流?

冲突?冲突指什么?

换个说法。

噢——换个什么说法呢?

有了有了!

与其写这乱七八糟的文章,还不如钻回温暖的被窝想着敏手淫来得地道,不是吗?正是。

我顶顶喜欢敏臀部的曲线,喜欢她雪白雪白的头发。但她的阴毛却同白发恰成对比,乌黑乌黑,形状也无可挑剔。她那黑色小三角裤包裹的臀部也很性感。我情不自禁地想象和三角裤同样乌黑的 T 字形毛丛。

但我还是别再想这个了。坚决不想。我要狠狠关上("咔嚓")这不着边际的性妄想,集中注意力写这篇文章。要珍惜黎明前这段宝贵时间。决定什么有效什么无效的,是别的什么地方别的什么人。而眼下我对那种人毫无兴趣,哪怕一杯麦茶分量的兴趣。

是吧?

是的。

那么,前进!

有人说把梦(不管是实际做的梦还是编造的)写进小说是危险的尝试,尽管能用语言将梦不合理的整合性加以重新构筑的仅限于有天赋的作家。对此我也不表示异议。然而我还是想在这里说梦,说我刚刚做过的梦。我要把那个梦作为关于我自身的一个事实记在这里。我只是忠于职守的一个仓库保管员,同文学性(是的)几乎无关。

说实话,迄今为止我做了好几回与此相似的梦。细节固然各所不一,场所也不一样,但模式大同小异,从梦中醒来所感觉的疼痛的质(包括深度和长度)也大体相同。那里总是反复出现一个主题,就像夜行列车总是在能见度不好的弯路前拉响汽笛。

堇的梦

（这部分以第三人称记述。因我觉得这样更为准确）

堇为了同很早以前死去的母亲相见而爬上长长的螺旋阶梯。母亲应该在阶梯的最顶端等她。母亲有事告诉堇。那是一个关系到堇日后生存的重大事实，堇无论如何都必须知道。而堇怕见母亲。因为从未见过死者，也不晓得母亲是怎样的人。说不定她对堇怀有敌意或恶意（由于堇无从想象的原因）。但又不能不见。对于堇这是最初也是最后的机会。

阶梯很长。怎么爬也爬不到顶。堇上气不接下气地快步爬个不止。时间不多。母亲不可能在这座建筑物里一直等下去。堇额头大汗淋漓。终于，阶梯到顶了。

阶梯顶端是个宽大的平台。正面被墙挡住，结结实实的石墙。和脸正好一般高的位置开了一个换气孔似的圆洞。洞不大，直径五十厘米左右。堇的母亲憋憋屈屈地堵在洞里，就好像被人脚朝前硬塞进去似的。堇心里明白：规定的时间过去了。

母亲躺在这狭小的空间里，脸正对这边，仿佛要倾诉什么似的看着堇的脸。堇一眼就看出此人是自己的母亲,是她给了自己生命和肉体。但不知何故,母亲不同于全家合影里的母亲。真正的母亲又漂亮又年轻。堇心想那个人到底不是自己的真母亲,我被父亲骗了。

"妈妈!"堇果断地喊道。感觉上胸中好像开了闸门。然而在堇喊的同时,母亲简直就像被人从对面拉向巨大的真空一般缩进洞内。母亲张开嘴,向堇大声说了句什么,但由于从洞穴空隙泻出的莫名其妙的呼呼风声,话语未能传入堇的耳中。而下一瞬间母亲便被拖入洞内的黑暗,消失不见了。

回头一看,阶梯也不见了。现在四面围着石墙。曾有阶梯的地方出现一扇门,转动球形拉手往里一拉,里面是空的。她位于高塔的顶尖。往下看,高得令人头晕目眩。空中有很多小飞机。飞机是单人座简易飞机,竹子和轻木料做的,谁都造得出来。座位后面有个拳头大小的引擎和螺旋桨。堇大声向眼前飞过的飞行员求救,求他们把自己救出这里,但飞行员们全然不理不睬。

堇认为谁都看不见自己是因为自己穿着这种衣服。她身穿医院里穿的通用白大褂。她脱去衣服,赤身裸体。白大褂下面什么也没穿。脱掉的大褂扔到了门外。大褂宛如挣开枷锁的魂灵随风飘摇,遁往远处。同样的风抚摸她的肢体,摇颤着阴毛。不觉之间,刚才周围飞来飞去的小飞机全都化为蜻蜓。空中到处是五颜六色的蜻蜓。它们硕大的球形眼睛朝所有方向闪闪发光。振翅声如不断加大音量的收音机越来越大,不久变成难以忍受的轰鸣。堇当场蹲下,闭起眼睛,捂住耳朵。

在此醒来。

堇真真切切地记得这场梦的所有细节,甚至可以直接画下来。唯独被吸入黑洞消失的母亲的面容却怎么也无从想起。母亲口中那关键话语也消失在虚幻的空白中。堇在床上死死咬住枕头,哭了一通。

“理发匠不再挖洞”

做完这个梦,我下了一大决心。我那也算勤快的鹤嘴锄终于开始叩击坚硬的岩体,“咚!”我打算向敏明确表示我需求什么。不能让这种不上不下的状态永远继续下去。我不能像生性懦弱的理发匠那样在后院挖一个半深不浅的洞,悄声表白“敏啊,我爱你”。若那样做,我势必不断失去,所有的黎明和所有的黄昏势必一点点把我劫掠一空。我这一存在不久便将被一片片削入河流,化为“一无所有”。

事物如水晶一般透明。水晶,水晶。

我想抱敏,想被她抱。我已经付出了很多很多宝贵的东西,再无法付出什么了。现在还为时不晚。为此我必须同敏交合,必须进入她身体内侧。也想请她进入自己身体内侧,如两条贪婪的滑溜溜的蛇。

假如敏不接受我怎么办？

那样，我恐怕只有重新吞下事实。

“记住，人遭枪击必流血。”

必须流血。我必须磨快尖刀，刺入狗的喉咙。

是吧？

是的。

这篇文章是发给自己的邮件。类似回飞镖：抛出，撕裂远处的黑暗，冷却可怜的袋鼠灵魂，不久又飞回我手中。飞回来的回飞镖已不同于抛出去的回飞镖，这点我明白。回飞镖，回飞镖。

12

文件 2

现在是下午二时半。窗外世界如地狱一般烈日炎炎、炫目耀眼。岩石和天空和大海同样白灿灿光闪闪。观望片刻,得知三者已互相吞噬界线,整个成了一片混沌。大凡有意识的存在物已避开凶相毕露的阳光,沉入昏昏欲睡的浓荫。甚至鸟都不飞。好在房子里凉爽宜人。敏在客厅听勃拉姆斯,身穿有细吊带的蓝色夏令长裙,雪白的头发在脑后扎成小小一束。我伏案写这篇文章。

"音乐不妨碍你?"敏问。

"勃拉姆斯倒不碍事。"我这样回答。

我顺着记忆的链条,再现数日前敏在勃艮第那个村庄讲的话。并非易事。她的话时断时续,情节与时间不断交错,孰在前孰在后,孰为因孰为果,有时很难分清。当然这怪不得敏。深深埋入记忆的阴谋的锋利剃刀剜开了她的肉。随着葡萄园上方的启明星的黯然失色,生命之色从她的脸颊退去。

我说服她,让她开口。鼓励、胁迫、哄劝、夸奖、诱惑。我们喝着红葡萄酒一直讲到天明。两人手拉手寻找她记忆的轨迹,分之解之,重新构筑。问题是有的部分她横竖无从想起。一旦踏入那样的场所,她便默然陷入混乱,喝分外多的葡萄酒。危险地带。于是我们放弃进一步探索,小心翼翼离开那里,走向安全区。

说服敏讲出那段往事,起因是我注意到敏的染发。敏非常谨慎,不让周围任何人——除去极个别的例外——觉察到她染发。然而我觉察到了。毕竟长时间旅行,每天朝夕相处,迟早总要看在眼里。也可能敏无意隐瞒。倘要隐瞒,她本应再小心些才是。估计敏认为给我知道也无妨,或者希望我知道(唔,当然这不过是我的猜测)。

我开门见山地问她。我性格如此,没办法不开门见山。有多少白发?什么时候开始染的?十四年了,她说,十四年前白得一根不剩。我问得什么病了不成,敏说不是的,是发生了**一件事**,致使头发全白了,一夜之间。

我求她、恳求她讲给我听。我说凡是关于你的,什么都想知道,我也毫无保留地什么都告诉你。但敏静静地摇头。迄今为止她对谁都没讲过,甚至对丈夫都没告以实情。十四年时间里她始终独自怀揣这个秘密。

但归根结蒂,我们就那件事一直谈到了天明。我说服敏:任何事情都应有讲出的时候,否则那个秘密将永远囚禁人的心。

我这么一说,敏像眺望远方风景似的看着我。她眸子里有什么浮上来,又缓缓沉下。她开口道:“跟你说,我这方面没有任何要清算的,要清算的是他们,不是我。”

我不懂敏真正的意思,遂坦率地说我不懂。

敏说:“如果我跟你说了,以后势必你我共有那件事,是吧?而我不知道这究竟对还是不对。一旦我在此揭开箱盖,你也有可能被包括其中。这难道是你所追求的?难道你想知道我无论付出多大牺牲都要忘得利利索索的东西?”

是的,我说,无论什么事,我都想与你共有,希望你什么都别隐瞒。

敏啜了口葡萄酒,合上眼睛。一种时间松缓开来般的沉默。她犹豫不决。

但最终她讲了起来。一点点、一缕缕地。有的东西随即启步,有的则永驻不动,落差种种样样。某种情况下落差本身即已带有意味,我必须作为讲述者小心翼翼地拾在一处。

摩天轮历险记

那年夏天，敏在瑞士靠近法国边境的一座小镇上一个人生活。她二十五岁，在巴黎学钢琴。来小镇是为了谈一桩父亲委托的生意。生意本身很简单，同对方公司的一个负责人吃顿晚饭签个字就完了。但她一眼就看中了这座小镇。镇小巧、洁净、优美。有湖，湖旁有中世纪城堡。她打算在小镇生活一段时间。附近村里还有夏季音乐节，可以每天租车前往。

碰巧一座短期出租的带家具公寓有个房间空着。公寓不大，蛮漂亮，建在镇边缘一座山丘上，给人的感觉不错。附近还有可以练钢琴的场所。租金固然不便宜，但不足部分求求父亲总可以解决。

于是敏在这小镇开始了临时然而怡然自得的生活。参加音乐节，在附近散步，认识了几个人，发现了可心的餐馆和咖啡馆。住处窗外可以望见镇郊的游乐园。游乐园有大大的摩天轮，五颜六色的小车厢挂在令人联想起命运的大轮子上，慢悠悠地在空中旋转，升到一定高度后开始下降。摩天轮哪里也到达不了，无非爬完高又返回罢了，其中有一种不可思议的快感。

到了晚上，摩天轮亮起无数灯光。游乐园关门、摩天轮停止转动后，依然灯火辉煌。大概一直灿灿然亮到天明，仿佛同天上的星斗一比高低。敏坐在窗边椅子上，边听收音机音乐边痴痴地看摩天轮上上下下(或其如纪念碑一般静止不动的身姿)。

她在镇上认识一个男人。此人五十光景,长相英俊,拉丁血统,身材颀长,鼻形漂亮且富有特征,胡须又直又黑。他在咖啡馆向她打招呼,问她从哪里来,她回答从日本来。两人开始交谈。男人说他名字叫菲尔迪纳德,生于巴塞罗那,五年前开始在小镇上从事家具设计。

他谈笑风生。聊罢两人分别。两天后又在咖啡馆碰上。敏得知他离婚独身。他说离开西班牙是想在新的地方重新开始,但敏意识到自己对此人没什么好印象,感到对方在需求自己的肉体,嗅出了性欲味儿。这使她不寒而栗,不再去咖啡馆。

然而自那以来她经常在镇上见到菲尔迪纳德,就好像对方跟踪自己似的。也许是她神经过敏。镇子小,时不时碰上谁并非什么不自然的事。每次看见敏他都动人地一笑,热情打招呼,敏也寒暄一句。但敏开始一点点感到焦躁,掺杂着不安的焦躁。她开始觉得自己在小镇的平静生活受到了这个名叫菲尔迪纳德的男人的威胁。它如同乐章刚开始时出现的象征性地提示的不协调音,给她风平浪静的夏日带来了不祥的预感。

可是菲尔迪纳德的出现不过是全部预感的一小部分。生活了十天后,她开始对镇上的整个生活产生了某种闭塞感。诚然,镇子每一个角落都干干净净漂漂亮亮,却又总让人觉得它未免目光短浅、自鸣得意。

人们诚然亲切友善，但她已开始觉察出其中有一种眼睛看不见的对东方人的歧视。餐馆里的葡萄酒有奇妙的余味。买的蔬菜有虫子。音乐节的演奏每一场都无精打采。她无法把注意力集中到音乐上。最初觉得开心的公寓也显得土里土气、俗不可耐。一切都失去了其最初的绚丽，不祥感迅速膨胀，而她又无以逃避。

夜里电话铃响，她伸手拿起听筒。一声“哈啰”，旋即挂断，连续数次。她猜想是菲尔迪纳德，但无证据。问题首先是他怎么晓得电话号码的呢？老式电话机，线又拔不掉。敏辗转反侧，开始吃安眠药，食欲顿消。

她想尽早离开这里。却又不知何故，无法从这小镇顺利脱身。她找了似乎很正当的理由：房租付了一个月，音乐节的联票也买了，她在巴黎的宿舍暑假期间也临时租了出去。事到如今，已后退不得——她这样劝说自己。再说实际上也没发生什么，又不是具体遭遇了什么，或有人找别扭。可能是自己对很多事过于神经质了。

敏一如往常在附近小餐馆吃晚饭，那是来小镇两周后的事。吃完饭，她想呼吸一下夜晚的空气——已好久没呼吸了，便用了很长时间散步。她一面想事一面随便走街串巷。注意到时，已经站在游乐园入口了——那个有摩天轮的游乐园。喧闹的音乐，高声的呼唤，小孩子的欢笑。游客大多是一家老小或当地的年轻情侣。敏想起小时父亲领自己进游乐园时的情景,还记得一起坐“咖啡杯”时嗅到的父亲粗花呢上衣的气味。坐“咖啡杯”的时间里,她一直扑在父亲的外衣袖上。那气味是遥远的大人世界的标识,对年幼的敏来说是无忧无虑的象征。她很怀念父亲。

为了消闲解闷,她买了张票走进游乐园。里面有各种各样的小房子、各种各样的摊台。有气枪射击台,有耍蛇表演,有算命铺。眼前摆着水晶球的大块头女人扬手招呼敏:“Mademoiselle[①],请这边来。可得注意哟,您的命运就要大转弯了。”敏笑着走过。

敏买了一支冰糕,坐在长椅上,边吃边打量来往行人。她总是觉得自己的心位于远离人们喧嚣声的地方。一个男子走来用德语搭话,三十岁光景,金发,小个头,上唇蓄须,样子很适合穿制服。她摇头微笑,露出手表,用法语说正在等人。她发觉自己的说话声比平时又高又干。男子再没说什么,羞赧地一笑,敬礼似的扬手走开。

敏站起身,开始漫无目的地走动。有人投镖, 气球破裂。熊扑通扑通跳舞。手风琴弹奏《蓝色的多瑙河》。一抬头,摩天轮正在缓缓转动。对了,坐摩天轮好了,她有了主意,从空中飞车看自己住的公寓——和平时相反。幸好挎包里装着小望远镜。本来是为了在音乐节

①意为“小姐”。法语中对未婚女性的尊称。

上从远处草坪席看舞台的,一直带在身上没有取出。虽然又小又轻,但性能不错,应该可以相当清楚地看到自己的房间。

她在摩天轮前面的售票亭买票。“Mademoiselle,差不多到时间了。”售票的老人对她说。老人就好像自言自语似的眼朝下嘟囔着,随即摇了下头,“眼看就结束了,这是最后一圈,转完就完了。”他下巴留着白须,白里带着烟熏色,“咳咳咳”地咳嗽,脸颊红红的,像长期经受过北风。

“没关系,一圈足够了。”说着,她买了票,走上站台。看情形摩天轮乘客只她一人。目力所及,哪个小车厢都没有人。那么多空车厢徒然地在空中旋转,仿佛世界本身正接近虎头蛇尾的结局。

她跨进红色车厢,在椅上坐定,刚才那位老人走来关门,从外面锁好,大概为安全起见吧。摩天轮像老龄动物似的开始“咔嗒咔嗒”晃动身子爬高。周围密麻麻乱糟糟的招揽生意的小房子在眼底下变小,街上的灯火随之浮上夜幕。左侧湖水在望。湖上漂浮的游艇也亮起灯光,优雅地倒映在水面。远处山坡点缀着村庄灯火。美景静静地勒紧她的胸。

镇郊山丘她住的那一带出现了。敏调整望远镜焦点,寻找自己的公寓。但不容易找见,车厢节节攀升,接近最高点。要抓紧才行!她拼命上下左右移动望远镜的视野,搜寻那座建筑物,无奈镇上类似的建筑物太多了。车厢很快转到顶端,无可挽回地开始下降。终于,她发现了要找的建筑物:是它!然而窗口数量比她想的多。很多人推开窗扇,纳入夏夜凉气。她一个窗口一个窗口移动望远镜,总算找到三楼右数第二个房间。可此时车厢已接近地面,视线被别的建筑物挡住。可惜!差一点就可窥见自己房间了!

车厢临近地面站台,缓缓地。她开门准备下车,却推不开。她想起来,已从外侧锁住了,遂用眼睛搜寻售票亭里的老人。老人不在,哪里都没有。售票亭里的灯也已熄了。她想大声招呼谁,但找不到可以招呼的人。车厢重新爬升。一塌糊涂!她叹了口气,莫名其妙!老人肯定上厕所或去别的什么地方,错过了她返回的时间,只好再转一圈返回。

不过也好,敏想,老人的糊涂使自己得以多转一圈。她下定决心,这回可要找准自己的公寓!她双手紧握望远镜,脸探出窗外。由于大致方位已心中有数,这回没费事就找出了自己房间。窗开着,里面灯也亮着(她不愿意回黑房间,而且打算吃罢晚饭就回去)。

用望远镜从远处看自己住的房间,也真有些奇妙,甚至有一种愧疚感,就好像偷窥自己本身似的。但自己不在那里,理所当然。茶几上有电话机,可能的话,真想给那里打个电话。桌上放着没写完的信。敏想从这里看信,当然看不清楚。

不久，车厢越过高空，开始下降。不料刚下降一点点，车厢突然“咣啷”一声停止了。她的肩猛然撞到车厢壁上，望远镜险些掉下。驱动飞车巨轮的马达声戛然而止，不自然的寂静包笼四周。刚才还作为背景音乐传来的喧闹的乐曲声已然消失，地面小房子的灯光差不多熄尽。她侧耳倾听：微微的风声。此外一无所闻。是声皆无。无呼唤声，无小孩的欢笑声。起始她完全弄不清楚发生了什么。但很快明白过来：自己被丢弃在了这里。

她从半开的窗探出上身，再次下望。原来自己已凌空高悬。她想大声喊叫，叫人救助。但传不到任何人耳畔，不试即已了然。离地面太远，且她的声音绝不算大。

老人跑去哪里了呢？一定在喝酒，敏猜想，那脸色、那喘息、那嘶哑的嗓音——没错儿！他喝得大醉，完全忘了还有人在车上，关了机，此时正在哪个酒馆大喝啤酒或杜松子酒，醉上加醉，记忆愈发荡然无存。敏咬紧嘴唇，估计要等到明天白天才能脱身，或者傍晚？她不晓得游乐园几点开门。

虽说时值盛夏，但瑞士的夜晚还是凉的。敏穿得很少，薄衬衫加布短裙。风开始吹来。她再次从窗口探身俯视地面。灯光数量较刚才明显减少了，看来游乐园的工作人员已结束一天的工作离开了。不过，也该有人留下值班才是。她深深吸一口气，一咬牙喊道：“来人啊！”喊罢细听。如此重复数次,仍无反应。

她从挎包里掏出手册,用圆珠笔写上法语:“我关在游乐园摩天轮里,请帮助我。”然后从窗口扔出。纸片乘风飞去。风往镇那边吹,碰巧可以落在镇上。但即使有谁拾起纸片看了,他(或她)怕也难以相信。于是她在第二页加写了姓名住址,这样应该有可信性,人们会认真对待,而不当作玩笑或恶作剧。她把手册撕去一半,一页一页抛往风中。

随后敏忽然心生一计,从挎包里掏出钱夹,取出里面的东西,只留一张十法郎纸币,将纸条塞入其中:“您头上的摩天轮里关着一名女性,请给予帮助。”之后把钱夹投下去,钱夹朝地面笔直落下,但看不到落于何处,落地声也听不见。放零币的钱包也同样塞入纸条投了下去。

敏看表:时针指在十时半。她确认挎包里还有什么:简单的化妆品和小镜、护照、太阳镜、租车和房间的钥匙、用来削果皮的军用小刀、小玻璃纸装的三块咸饼干、法文软皮书。晚饭吃过了,到明天早上还不至于饿肚子。凉风习习,不至于怎么口渴。所幸尚未感到小便的必要。

她坐在塑料椅上,头靠车厢壁,这个那个想了很多想也没用的事:干吗来游乐园坐这哪家子的摩天轮呢?走出餐馆直接回房间好了!那样,此刻应该正悠悠然泡温水澡,之后上床看书,跟往日一样。干吗没那么做呢?他们干吗非得雇用这个昏头昏脑的酒精中毒老人呢?

风吹得摩天轮吱扭作响。她想关窗挡风,然而以她的力气全然拉不动窗扇。敏只好作罢,坐在地板上。她后悔没带对襟毛衣。出门时还犹豫来着,要不要在衬衫外披一件薄些的对襟毛衣,但夏夜看上去非常宜人,再说餐馆离她住处不过三条街远,何况当时压根儿没考虑散步去什么游乐园,坐什么摩天轮。总之全乱了套。

为了使心情放松下来,她把手表、纤细的银手镯、贝壳形耳环摘下收进挎包,然后蹲似的蜷缩在车厢角落,打算一觉睡到天亮——如果能睡的话。但当然没那么容易。又冷又怕。风时而猛烈吹来,车厢摇来摆去。她闭起眼睛,手指在虚拟的键盘上轻轻移动,试着弹奏莫扎特的C小调奏鸣曲。倒也没什么特殊原因,她至今仍完整地记得小时弹过的这支曲。但舒缓的第二乐章还没弹完,脑袋便晕乎起来。她睡了过去。

不知睡了多长时间。应该睡得不长。倏然睁开眼睛,一瞬间她搞不清置身何处。随后记忆慢慢复苏。是的,自己被关在游乐园摩天轮的车厢里。从挎包里取出表看,十二点过了。敏在地板上缓慢起身。由于睡姿不自然,全身关节作痛。她打了几个哈欠,伸腰,揉手腕。

没办法马上接着睡。为了分散注意力,她从挎包里取出没看完的软皮书,继续往下看。书是从镇上书店里买的新出的侦探小说。幸好车厢灯通宵开着。但慢慢看了几页,她发觉书里的内容根本进不了脑袋。两只眼睛逐行追击,意识却在别处彷徨。

敏只好合上书,扬头观望夜空。薄云迷离,不见星影,月牙也若隐若现。灯光把她的面孔格外清晰地照在车厢玻璃上。敏已好久没好好注视自己的脸了。“这也总要过去的,”她对自己说道,“打起精神！事后提起不过笑话罢了——在瑞士游乐园的摩天轮里整整关了一夜。”

然而这没有成为笑话。真正的故事由此开始。

过了片刻，敏拿起望远镜，再次往公寓自己房间望去。与刚才毫无二致。理所当然，她想。随即独自微笑。

她的视线往公寓其他窗口扫去。午夜已过，多数人已入梦乡，窗口大半黑着。也有几个人没睡，房间里开着灯。楼层低的人小心拉合窗帘，但高层的无须顾忌别人的目光，开着窗纳入夜间凉风。各自的生活场景在里面静悄悄或明晃晃地展开（有谁会想到深更半夜有人手拿望远镜藏在空中飞车里呢），不过敏对窥视别人的私生活情景不大感兴趣。相比之下，更想看的是自己那空荡荡的房间。

她迅速转了一圈，把视线收回自己房间窗口，不由得屏住了呼吸：卧室窗口出现一个赤身裸体的男人。不用说，一开始她以为自己看错房间了。她上下左右移动望远镜，然而那的确是自己房间。家具也好瓶里的花也好墙上挂的画也好，都一模一样。并且那男人是菲尔迪纳德。没错，是那个菲尔迪纳德。他一丝不挂地坐在她床上，胸腹布满黑毛，长长的阳物如昏迷不醒的什么动物一般垂头丧气搭在那里。

那家伙在自己房间到底干什么呢？她额头津津地沁出汗来。怎么会进到自己房间去呢？敏摸不着头脑。她气恼、困惑。接下去又出现一个女的。女的身穿白色半袖衫和蓝色布短裙。女的？敏抓紧望远镜，凝目细看：是敏本人。

敏什么都思考不成了。自己在这里用望远镜看自己房间，房间里却有自己本人。敏左一次右一次对准望远镜焦点，但无论怎么看都是她本人。身上的衣服同她现在身上的一样。菲尔迪纳德抱起她，抱到床上，一边吻她一边温柔地脱房间里的敏的衣服。脱去衬衫，解开乳罩，拉掉短裙，一面把嘴唇贴在她脖颈上，一面用手心包笼似的爱抚乳房。爱抚了好一阵子。然后一只手扒去她的三角裤。三角裤也和她现在穿的完全一样。敏大气不敢出，到底发生了什么呢？

注意到时，菲尔迪纳德的阳物已经勃起，棍一样坚挺。阳物非常之大，她从未见过那么大的。他拉起敏的手，让她握住。他从上到下爱抚、吻舔敏的肢体。花时间慢慢做。她（房间中的敏）并不反抗，而任其爱抚，似乎在享受肉欲的快乐。还不时伸出手，爱抚菲尔迪纳德的阳物和睾丸，并把自己的身体毫不吝惜地在他面前打开。

敏无法把眼睛从那异乎寻常的场面移开。心情糟糕透顶，喉咙火烧火燎，吞唾液都困难，阵阵作呕。一切都如中世纪某种寓意画一般夸张得十分怪诞，充满恶意。敏心想，他们是故意做给我看的，他们明明知道我在看。可是敏又无法把视线移开。

空白。

往下发生什么来着?

往下的事敏不记得了,记忆在此中断。

想不起来,敏说。她两手捂脸,平静地说道。我所明白的,只是厌恶至极这一点。我在这边,而另一个自己在那边。他、那个菲尔迪纳德对那边的我做了大凡能做的一切。

一切?什么一切?

我想不起来,总之就是一切。他把我囚禁在摩天轮的车厢内,对那边的我为所欲为。对性爱我并不怀有恐怖心理,尽情享受性爱的时期也有过。但我在那里看到的不是那个。那是纯粹以玷污我为目的的无谓的淫秽行径。菲尔迪纳德施尽所有技巧,用粗大的手指和粗大的阳物玷污(而那边的我却全然不以为意)我这一存在。最后,那甚至连菲尔迪纳德也不再是了。

甚至不是菲尔迪纳德了?我看着敏的脸。不是菲尔迪纳德又能是谁呢?

我不知道,我想不起来。总之最后不再是菲尔迪纳德了。或者一开始便不是菲尔迪纳德也未可知。

苏醒过来时已在医院病床上了。光身穿着医院的白大褂,身体所有关节无不作痛。医生对她说:一大早游乐园工作人员发现她投下的钱夹,得知情况。车厢转下,叫来救护车。车厢中的敏已失去知觉,身体对折似的躺着。大约受到强烈的精神打击,瞳孔无正常反应。臂和脸有不少擦伤,衬衫有血迹。于是被拉来医院接受治疗。谁也不晓得她是如何负伤的。但伤都不深,不至于留下伤疤。警察把开摩天轮的老人带走。老人根本不记得闭园时敏还在摩天轮车厢里。

翌日当地警察署的人来医院问她,她未能很好回答。他们对照着看她护照上的照片和她的脸,蹙起眉头,现出仿佛误吞了什么东西的奇异神情,然后客气地问她:“Mademoiselle,恕我们冒昧,您的年龄真是二十五岁吗?”“是的,”她说,“就是护照上写的年龄。”她不理解他们何以明知故问。

但稍后她去卫生间洗脸,看到镜中自己的脸时才恍然大悟:头发一根不剩地白了,白得如刚刚落地的雪。一开始她还以为镜里照的是别人的脸,不由回头去看。但谁也没有,卫生间有的唯敏自己。再一次往镜里看,才明白里边的白发女就是她本人。敏旋即晕倒在地。

敏失去了。

“我剩在这边。但另一个我,或者说半个我已去了那边。带着我的黑发、我的性欲、月经和排卵,恐怕还带着我的求生意志,去了那边。剩下的一半是在这里的我。我始终有这种感觉。在瑞士那个小镇的摩天轮中,我这个人由于某种缘由被彻底一分为二。也可能类似某种交易。不过,并非有什么被夺走了,而应该是完整地存在于那边。这我知道。我们仅仅被一块镜片隔开罢了。但我无论如何都穿不过那一玻璃之隔,永远。”

敏轻咬指甲。

“当然这永远不能对任何人说,是吧?我们说不定迟早有一天在哪里相会,重新合为一体。但这里边剩有一个非常重大的问题,那就是我已经无法判断镜子哪一侧的形象是我这个人的真实面目。比如说,所谓真正的我是接受菲尔迪纳德的我呢,还是厌恶菲尔迪纳德的我呢?我没有信心能再一次吞下这种混沌。”

暑假结束后敏也没返回学校,她中止了留学,直接返回日本。手指再未碰过键盘。产生音乐的动力已离她而去。翌年父亲病故,她接手经营公司。

“不能弹钢琴对我确是精神打击,但并不觉得惋惜。我已经隐约感觉到了,迟早会这样。弹也好不弹也好,”说到这里,敏淡然一笑,“反正这个世界到处是钢琴手。世界上若有二十个第一线拔尖钢琴手,也就基本够用了。去唱片店随便查找一下——《华伦斯坦》[1]也好《克莱斯勒曲集》[2]也好什么都好——你就明白了,一来古典音乐曲目有限,二来CD架也有限。对于世界音乐产业来说,第一线有二十名一流钢琴手足矣。我消失了谁也不受影响。”

敏在眼前摊开十指,又翻过来,反复几次,似乎在重新确认记忆。

“来法国差不多一年的时候,我发觉了一件不可思议的事:功底显然不如我而又没有我勤奋的人,却比我更能深深打动听众的心。参加音乐比赛也次次都在最后阶段败在那些人手下。最初我以为哪里出了错,但同样情况一再出现。这弄得我焦躁不安,甚至气恼起来,认为这不公正。后来我慢慢看出来了:我身上缺少什么,缺少某种宝贵东西。怎么说好呢,大约是演奏感人音乐所必不可少的作为人的深度吧。在日本时我没觉察到。在日本我没败给任何人,也没时间对自己的演奏产生疑问。但巴黎有很多才华出众的人,在他们的包围中我终于明白过来,明明白白,就好像太阳升高、地面雾霭散尽一样。”

敏喟然叹息,抬起脸微微一笑。

“我从小就喜欢为自己——同周围无关——制定个人守则,按守则行事。自立心强,一丝不苟。我生在日本,上日本的学校,同日本朋友交往。所以尽管心情上完全是日本人,但国籍上仍是外国人。对我

①贝多芬的钢琴奏鸣曲,C大调奏鸣曲OP.53。
②舒曼的钢琴幻想曲,C大调幻想曲OP.16。

我爱敏,不用说,是爱这一侧的敏。但也同样爱位于那一侧的敏。这种感觉很强烈。每当想起这点,我身上就感到有一种自己本身被分割开来的“吱吱”声。敏的被分割就好像是作为我的被分割而投影、而降临下来的。我实在是无可选择。

此外还有一个疑问:假如敏现在所在的这一侧不是本来的实像世界的话(即这一侧便是那一侧的话),那么,同时被紧密地包含于此、存在于此的这个我又到底是什么呢?

13

两个文件我分别看了两遍。第一遍看得快,第二遍很慢,每个细小部分都不放过,我将其深深印入脑海。两个都无疑是堇写下的,字里行间处处可找见唯独她才使用的富于个性特征的词句和表达方式。其中荡漾的氛围同堇以往的多少有所不同,有一种她以前文章中没有的自控,一种后退一步的视线,但出自她笔下这一点则毋庸置疑。

迟疑片刻,我把这张软盘放进自己拎包的隔袋里。倘堇顺利返回,放回原处即可。问题是她不回来时怎么办。那时势必有人整理她的东西,发现这张软盘。无论如何,我不想让软盘里的文章暴露在他人眼前。

看罢堇的文章,我无法在房间里老实待下去了。我换上新衬衫,离开别墅,走下石阶,来到镇里。我在港口前面一家银行将旅行支票兑换出一百美元,去书报摊买了一份对开英文报纸,在咖啡馆的阳伞下看了起来。我招呼昏昏欲睡的男侍,要了柠檬水和奶酪烤面包片,他用短铅笔慢慢写在订单上。男侍那白衬衫的背部渗出一大片汗渍,形状极有现实感,仿佛在申诉什么。

半机械地大致看罢报纸,我转而呆呆打量午后港口的景致。一只瘦瘦的黑狗不知从哪里跑来,“哼哧哼哧”来我脚前嗅了嗅,然后像对一切都了无兴趣,跑走不见了。人们在各自的场所打发慵懒的下午。多少算是真正动弹的仅有咖啡馆的男侍和狗,但两者也不知什么时候停顿下来了。书报摊刚才卖给我报纸的老人在阳伞下的一把椅子上大大地叉开双腿睡了过去。广场正中那位被穿刺而死的英雄的铜像,一如既往地任凭日光晒着脊背,毫无怨言。

我用冰镇柠檬水冷却手心和额头,开始思索堇的文章同她的失踪之间或许存在的关联性。

堇远离写作已有很长时间了。自从婚宴上遇到敏以来,她就失去了写作欲望。然而她居然在这希腊海岛上几乎同时写了这两篇文章。就算写的速度再快,写出这许多篇幅也是需要集中相当时间和精力的——有什么东西强烈刺激了堇,使她爬起来坐在桌前。

而那究竟是什么呢?再缩小焦距,两篇文章之间假如有交叉主题的话,那到底是什么呢?我扬起脸,望着码头上蹲成一排的海鸟沉思起来。

可这世界也太热了,没办法思考复杂事物。何况我已心乱如麻,一身疲惫。但我仍力图重新整编残兵败将——一无战鼓二无号角,将残存的注意力收归在一处。我端正意识的姿势,继续思考。

“较之别人脑袋思考的大,自己脑袋里思考的小更重要。”我低声说出口来。这是我经常在教室里说给孩子们听的。果真如此吗？嘴上说来容易。其实哪怕事情再小,用自己的脑袋思考起来也是十分艰巨的。或者不如说事情越小,用自己的脑袋思考越困难,尤其是在远离自己擅长领域的情况下。

堇的梦。敏的分裂。

两个不同的世界——良久,我忽然想道。而这正是两个“文件”的共通要素。

〈文件1〉

这里主要讲的是堇那天夜里做的梦。她沿着长长的阶梯去见她死去的母亲,不料她赶到时母亲已经遁往那一侧。而堇对此无能为力,以致在无处可去的塔尖被异界存在物所包围。同一套数的梦境堇此前不知见过多少次。

〈文件2〉

这里写的是敏十四年前体验的匪夷所思的事件。敏在瑞士一座小镇游乐园的空中飞车里被关了一个晚上,用望远镜窥看自己房间中的另一个自己。Doppelgänger[①]。这一体验破坏了敏这个人(或使其破坏性表面化)。依敏本人的说法,她被一面镜子隔成两个。堇说服了敏,促使她讲出,并将其整理成文。

两篇文章共同的主题,显然是“这一侧”同“另一侧”的关系,是二者的互换。想必是这点引起了堇的关注,所以她才坐在桌前,花很长时间写下这许多文字。借用堇的说法,她是想通过写下这些来思考什么。

男侍撤下烤面包片盘子,我请他再来一杯柠檬水,多加些冰。我啜一口端来的柠檬水,再次用杯子冷却额头。

“假如敏不接受我怎么办?”堇在第一篇文章最后写道。“那样,我恐怕只有重新吞下事实。必须流血。我必须磨快尖刀,刺入狗的喉咙。”

堇想表达什么呢?莫非暗示自杀?我不这么认为。我未能从中捕捉到死的气息。其中的感觉是向前的,有一种将计就计的意志。狗也罢血也罢,终究不过是比喻——如同我在井头公园长椅上向她说的那样。它意味着以巫咒形式赋予生命。我是作为比喻(使故事获得魔术性的过程的比喻)来讲那个中国城门的。

必须从哪里刺入狗的喉咙。

哪里?

---

①德语“分身、另一个自己”之意。

我的思考撞上坚壁,再也前进不得。

堇到底去什么地方了呢?她该去的场所在岛上什么地方呢?

堇掉入某个人迹罕至的井一般深的场所,在那里等人搭救——我怎么也无法把这样的图像从脑袋里赶走。她大概受伤了,又饥又渴又孤单。想到这里,我心里难受得不行。

但是,警察们明确说过岛上一口井都不存在,也没听说镇郊有那样的洞穴。“岛非常非常小,一个洞一口井,没有我们不知道的。”他们说。想必那样。

我一狠心做了一个假设:

堇去**那一侧**了。

这样很多事情就不难解释。堇穿过镜子去那一侧了,恐怕到那一侧见敏去了。既然这一侧的敏无法接受她,那么势必那样。不是吗?

她写道——我捋出记忆——“那么,我们怎样才能避免冲撞呢?理论上很简单,那就是做梦,持续做梦。进入梦境再不出来,永远活在那里。”

疑问有一个,**大大**的疑问:如何才能去那里呢?

理论上很简单,但无法具体说明。

于是我折回原地。

我想东京,想我住的宿舍、我任职的学校,想我偷偷扔在火车站垃圾箱里的厨房生湿垃圾。离开日本不过两天,感觉上却完全成了另一世界。还有一星期新学期就开始了。我想象自己站在三十五名孩子面前的身姿。远远离开后,觉得自己职业性地向别人讲授什么这件事似乎非常奇妙、非常悖乎事理,即便对方是十来岁的儿童。

我摘下太阳镜,用手帕擦额头上的汗,又戴上太阳镜,眼望海鸟。

我考虑堇,考虑搬家时在她身旁体验到的无可遏止的勃起。那是从未有过的急剧而坚硬的勃起,就好像自己整个人都要胀裂似的。我那时是在想象中——大约是堇所说的"梦之世界"——同她交合,但那感触在自己记忆中却比同其他女性的现实交合还要真切得多。

我用杯里剩下的柠檬水把口中存留的食物残渣冲下喉咙。

我重新返回"假设",并试着把假设向前推进一步。堇在某处顺利找到了出口,我这样单纯地假定道。至于那是何种出口和堇是如何发现的,则无由得知。这个问题可以放在后面。但不妨将它作为一扇门。我闭目合眼,在脑海中推出具体情景。门是普普通通的墙壁上的普普通通的门,堇在某处发现了那个门,伸手转动球形拉手,毫不费事地直接穿过——从这一侧走去那一侧,身上就那么一件薄绸睡衣、一双沙滩凉鞋。

门另一侧什么光景我想象不出。门关上了,堇一去不复返。

回到别墅,用电冰箱里的东西做了简单的晚饭:西红柿拌罗勒[①]的面、色拉、阿姆斯特尔啤酒。之后坐在阳台上,沉浸在漫无边际的思绪中,或者全然不思不想。谁也没打电话来。雅典的敏想必正设法同这里联系。岛上的电话很难寄予希望。

天空的蓝和昨天同样一刻又一刻地增加其深度,硕大的圆形月亮从海上升起,几颗星星在天幕上打孔。爬上斜坡的风轻轻摇颤扶桑树的花。突堤前端矗立的无人灯塔闪烁着颇有怀古情调的光。人们牵驴缓缓走下坡路,高声交谈,那声音忽儿近前忽儿远去。我静静感受着——莫如说将其作为常规景致——这异国风情。

电话最终没有打来。堇也没有出现。时间静谧而徐缓地流逝,夜色兀自加深。我把堇房间里的音乐磁带拿来几盒,放进客厅的音响装置。其中一盒是莫扎特的歌曲集,标签上是堇的字迹:伊丽莎白·施瓦茨科普芙与沃尔特·季赛金(p)。对古典音乐我不大熟悉,但当即听出这音乐很美。演唱风格不无古朴,但一如阅读别具一格而优美流畅的名篇佳构,有一种脊背自然挺直的愉悦感。钢琴手与歌手那一推一拉、一拉一推的细腻微妙的节奏配合,将两人栩栩如生地再现眼前。里边的乐曲恐怕哪一支都是"堇"的。我将身体缩进沙发,合起双眼,同堇共享这盘音乐。

---

①一种有薄荷香味的植物,其叶可作香辛调料。

音乐声使我醒来。声音并不大，听来非常远，时闻时不闻的。但那回响如看不到脸的水手缓缓拉起沉入夜海的锚一般，一点一点、然而切切实实地将我唤醒。我在床上坐起，把头靠近开着的窗口侧耳谛听。是音乐无疑。枕边闹钟的时针划过一点。到底谁在这种时候高奏音乐呢？

我提上长裤，从头顶套上T恤，穿鞋走到门外。附近人家的灯光一无所剩地熄了，没有人的动静。无风，不闻涛声，唯独月华默默地清洗地表。我站在那里加意细听。音乐总好像是从山顶那边传来的，但这很离奇。陡峭的山上一个村落也没有，有的只是修道院里过着禁欲生活的修道士们和屈指可数的牧羊人，很难设想他们会在这种时间聚集起来举行喧闹的庆典。

站在户外的夜气之中，音乐的回响比在房子里听时愈发真切了。旋律固然听不清，但从节拍听来是希腊音乐，有一种现场演奏乐器特有的不协调的锐角式调门，不是音箱里淌出的现成音乐。

这时我的脑袋已完全清醒了。夏夜凉爽宜人，带有神秘的深邃感。如果心里不挂念堇的失踪，我甚至可能感觉出其中的祝祭氛围。我双手叉腰，笔直挺起身体，仰望夜空，深深呼吸。夜的凉气浸过五脏六腑。我蓦然想到，说不定此时此刻，堇正在某处倾听同样的音乐。

我决定朝音乐传来的方向走走看，想弄清楚——如果可能的话——音乐从哪里传来，到底谁在演奏。上山路同早上去海边时走的是一条路,不至于迷路。能走多远就走多远吧。

月光把四下照得一片皎然,走路甚是方便。月光在岩石与岩石之间勾勒出斑驳的阴影,将地面涂成不可思议的色调。我的轻便运动鞋的胶底每次踩上小石子都发出大得不自然的声响。爬上坡道,音乐回声渐渐增大,能够听得真切了。演奏到底是在山上进行的。乐器的合成有不甚知晓的打击乐器和希腊曼陀林,有手风琴(大概)和横笛之类,里面也许还加入了吉他。除了这些乐器声,别的一无所闻。无歌声,无人们的欢声。唯独演奏绵绵不止,没有间歇,淡淡地——淡得几乎没有情感起伏——向前推进。

心情上我很想看一看想必正在山上搞的名堂,同时又觉得恐怕还是别接近那样的地方为好。既有难以抑制的好奇心,又有近乎直觉的畏惧。但不管怎样,我都不能不前行。这类似于梦中的行动。这里没有向我们提供使选择成为可能的原理,或者没有提供使原理得以成立的选项。

一种想象浮上心头:说不定几天前堇也同样因这音乐醒来,在好奇心驱使下只穿着一身睡衣爬上了这坡道。

我止步回头看去,下坡道犹如巨虫爬过留下的条痕,白亮亮地伸向镇子。我抬头望天,又在月光下半看不看地看自己的手心。看着看着,忽然发觉手已不再是我的手。说是说不好,反正我一眼就看出这点。

我的手不再是我的手,我的腿不再是我的腿。

在青白月光的沐浴下,我的身体恰如用墙土捏出的泥偶,缺乏生命的温煦。有人在模仿西印度群岛的巫师,用咒语把我短暂的生命吹入了那泥团中。那里没有生命的火焰。我真正的生命在别处沉沉昏睡,一个看不到脸的人将其塞进背包正要带往远方。

我身上一阵发冷,几乎无法呼吸。有人在莫名其妙的地方重新排列我的细胞,解开我的意识之线。我已没有考虑余地,能做的只有赶快逃到往日的避难场所。我猛吸一口气,就势沉入意识的海底。我用两手分开重水,一气下沉,双臂紧紧搂住那里一块巨石。水像要吓走入侵者似的死死压迫我的耳膜。我紧闭双眼,屏息敛气,拼命忍耐。一旦下定决心,做到也并不难。水压也罢无空气也罢寒冷的黑暗也罢混沌连续发出的信号也罢,都很快处之泰然。那是我从小就已重复多次的训练有素的行为。

时间前后颠倒、纵横交错、分崩离析,又被重新拼接起来。世界无限铺陈开去,同时又被围以樊篱。若干鲜明的图像——唯独图像——无声无息地通过它们本身的幽暗长廊,如水母,如游魂。但我尽量不看它们。若我多少做出认出它们的姿态,它们肯定将开始带有某种意味。那意味势必直接附着于时间性,而时间性将不容分说地把我推出水面。我紧紧关闭心扉,等待其队列的通过。

不知过了多长时间。及至浮出水面睁眼静静吸气之时,音乐已然停止。人们似乎终止了那场谜一般的演奏。侧耳谛听,一无所闻,全然一无所闻，无论音乐，还是人语，抑或风吟。

我想确认时间，但手腕上没表。表放在枕边。

仰观星空，星斗数量较刚才略有增多。也许是我的错觉。甚至觉得星空本身都与刚才的截然有别。身上原有的奇异的乖离感已消失殆尽。我挺身，弯臂，屈指。无隔阂感。唯独 T 恤腋下因出汗而微微发凉。

我从草丛中站起，继续爬坡。好容易到了这里，总要到山顶瞧上一眼。那里有音乐也好，无音乐也好，起码要看看动静。五分钟就上到山顶。我爬上来的南坡下面，可以望见海、港和沉睡的镇。寥寥无几的街灯零落地照出海滨公路。山那边则包笼在无边无际的夜色中，灯火渺无所见。凝眸远望，唯见别的山脊棱线在月光中远远浮出。再往前是更深的黑暗，哪里也找不到刚才举行热闹庆典的蛛丝马迹。

其实音乐究竟听到与否，现在都没什么自信了。耳朵深处仍隐约留有其余韵，但随着时间的推移，确信渐渐模糊。也许压根儿就不存在什么音乐。或者耳朵由于某种错觉而误拾别的时间别的场所的东西也有可能。说到底，能有什么人在半夜一点跑到山上演奏音乐呢！

从山顶仰望天空，月亮似乎惊人地近，且桀骜不驯，一块久经动荡岁月侵蚀的粗暴岩球而已。其表面种种样样的不祥暗影乃是朝温煦的生命体伸出触手的癌的盲目的细胞。月光扭曲那里的所有声音，冲走所有意义，扰乱所有心灵的归宿。它让敏目睹了另一个自己，它将堇的猫领往别处,它使堇无影无踪。是它(大概)奏响了不应有的音乐,把我带到这里。眼前的黑暗深不可测、横无际涯,身后灯火惨淡。我伫立异国山头,袒露在月光之下。我不能不怀疑:从一开始一切便被谋划得滴水不漏。

返回别墅,拿敏的白兰地喝了,打算就势睡去。但睡不成,一觉也睡不成。月亮、引力和喧嚣将我牢牢囚住,直到东方破晓。

我想象在公寓一室饥肠辘辘气息奄奄的猫们——那软乎乎的小食肉兽们。于是我——真实的我——死去,它们活着。想象它们吃我的肉嚼我的心吸我的血的情景。竖起耳朵,可以听到猫们在遥远的场所吮吸脑浆的声音。三只身体绵软的猫围着开裂的头颅,吮吸其中黏糊糊的灰色浆液。它们红红的粗糙舌尖津津有味地舔着我的意识的柔软的皱襞。每舔一下,我的意识便如春天的地气一般摇颤不已,渐稀渐薄。

14

堇的下落如石沉大海。借用敏的话说，就是像烟一样消失了。

敏第三天近正午时乘渡轮返岛，同来的有日本领事馆人员和希腊旅游警察方面的负责官员。他们同当地警察如此这般交换意见，进行了包括岛民在内的更大规模的搜查。为了汇拢情况，他们将从护照上翻拍的堇的相片大幅刊登在希腊的全国性报纸上。其结果，报社接到不少联系电话，遗憾的是都不成其为直接线索，几乎全是别人的情况。

堇的父母也来岛了。当然，就在他们快到时，我离岛而去。新学期即将开学固然是个原因，但更主要的是作为我不想在这样的地方同堇的父母见面。而且日本的传媒也已从当地报纸得知事件，开始同日本领事馆和当地警察接触。我对敏说该回东京了，再留在岛上也无法帮忙找到堇。

敏点头道："你光是在这里待着都帮了我的大忙，真的。若你不来，我一个人恐怕早都瘫痪了。但不要紧了，可以设法对堇的父母解释明白，舆论方面也会适当应对，所以往下请别担心，何况这件事本来你就没有任何责任。只要想法转变过来，我还是相当坚强的，再说已经习惯于处理实际问题了。”

她把我送到港口。我乘下午的渡轮动身。离堇失踪正好过去了十天。敏最后拥抱了我，水到渠成的拥抱。她一声不响地久久把手臂搂在我背部。她的肌体在午后炎热的太阳下凉得不可思议。敏力图通过手心向我传达什么，这我感觉得出。我闭目倾听那话语，但那是不采取话语形式的什么。大概那个什么是不能采取话语形式的。我和敏在沉默中进行了若干交流。

“保重吧。”敏说。

“你更得保重。”我说。之后，我和敏在轮渡码头前又沉默有顷。

“嗳，希望你坦率地回答我，”快上船时敏以严肃的语调问我，“你认为堇已不在人世了？”

我摇头道：“具体根据倒没有，但我觉得堇好像仍在哪里活着。因为虽然过去了这么多时间，却怎么都上不来她已死掉的实感。”

敏抱起晒黑的双臂，看我的脸。

“老实说，我也一样，”她说，“我的感觉也和你同样——堇还没有死。可同时又有恐怕再不会见到她的预感，这倒也没有根据……”

我默然。两相汇合的沉默弥漫于诸多事物的间隙中。海鸟尖锐地叫着，划开万里无云的长空。咖啡馆那个男侍以睡不醒的样子端送着饮料。

敏紧咬嘴唇沉思片刻，而后说："你不恨我？"

"因为堇的消失？"

"嗯。"

"为什么我要恨你呢？"

"不清楚。"敏的话音里隐隐沁出仿佛压抑了很久的疲惫。"不光堇，我还感觉连你也没有相见的那天了，所以才问的。"

"我不怨恨你。"我说。

"可以后的事说不清楚的吧？"

"我不是那样怨恨别人的。"

敏摘下帽子，理一把额前头发，又把帽子戴回，以似乎晃眼睛的眼神注视我。

"肯定是因为你不对别人抱有什么期待。"敏说。她的双眼深邃而清澈，如最初见她时的暮色。"我不然。可我喜欢你，非常。"

我们道别。船卷起螺旋状水花向后开到港外，之后慢慢扭动身体似的掉头一百八十度。这时间里，敏站在码头前端以目相送。她身穿紧贴身上的白色连衣裙，不时按一把帽子以防被风吹走。伫立在这希腊小岛上的她的身姿甚是端正，近乎虚拟物的端正。我凭依甲板栏杆，一直望着她。时间在那里一度静止，那情景鲜明地烙在了我的记忆之壁。

时间重新启动时,敏的身影渐次变小,变成一个模糊的小点,很快被吸入地气之中。继而,镇越来越远,山形越来越朦胧。最后,岛本身同光、同雾霭纠缠在一起,消失于迷蒙中。别的岛出现了,又同样消失了。过了一会儿,觉得自己抛在身后的一切竟好像一开始就纯属子虚乌有。

或许我该直接留在敏身边才是,我想。新学期也罢什么也罢都无所谓,我该留在岛上鼓励她,同她一起找堇直到水落石出,遇到为难事时紧紧地抱住她。我认为敏需要我,而我在某种意义上也需要她。

敏以不可思议的力度吸走了我的心。

在我从渡轮甲板上远望她离去的身影时,我才意识到这一点。虽说不能称之为爱恋之情,但也相当接近了。感觉上似乎有无数细绳在勒紧我的整个身体。我无法顺利梳理心绪,一下子坐倒在甲板椅子上,把塑胶体育包搂在膝头,许久许久盯视船后留下的笔直的白色航迹。数只海鸥扑也似的跟踪追击。敏那双小手掌的感触,犹如魂影仍在我背部徘徊不去。

原打算直飞东京,但不知为什么,前一天预订好的飞机座位被取消了,只好在雅典住一晚上。乘航空公司准备的小型公共汽车,到其安排好的市内旅馆住下。旅馆靠近普拉卡,小而整洁,给人的感觉不错,但挤满了德国团体游客,吵得一塌糊涂。由于想不起有事要做,便去街上散步,买了一点并无赠送对象的小礼物。傍晚独自登上卫城山冈,躺在平坦的岩石上,在轻柔的晚风中眼望被探照灯淡淡地展现在黛蓝暮色中的白色神殿。神殿很美,富于幻想意味。

然而我在此感到的是无可名状的深深的寂寥。蓦然回神,几种颜色已从围拢我的世界中永远失去了。我得以从这空空荡荡的情感废墟——从这凄清破败的山顶一览自己人生遥远的未来。它类似小时在科幻小说插图上见到的无人行星的荒凉景致。那里没有任何生命的律动,一天长得惊人,大气温度非热得要命即冷得要死。将我拉来的汽车不知何时已杳无踪影。我已哪里都去不成,只能在那里靠自身力量挣扎求生。

我再次认识到堇对于我是何等的宝贵和无可替代。堇以唯独她能做到的方式将我同这个世界维系在一起。同堇见面交谈时,或阅读她写的文章时,我的意识静静地扩展,得以目睹此前未曾见过的风景。我和她可以将两颗心重合起来,两人恰如一对年轻恋人脱光衣服互相暴露身体那样打开各自的心给对方看,而这在别的场所、别的对象身上是无从体验的,我们——尽管没有道出口——小心翼翼、如获至宝地呵护这种心境,以免其受损受伤。

无须说,未能同她分享肉体快乐对我是件憾事。倘能如愿,无疑双方都会更加幸福。但那一如潮涨潮落和季节的更迭,恐怕是人力——

即使竭尽全力——所奈何不得的。在这个意义上,可以说我们遭遇的是没有归宿的命运。我同堇保持的这种类似微妙友情的关系,无论我们怎样予以明智而周详的爱护,恐怕也是不可能长此以往的。当时所到手的,至多不过是被拉长了的死胡同那样的东西而已。这我心里十分清楚。

可是我比任何人都爱堇,都需要堇。就算哪里也抵达不了,我也不能将自己的心曲简单地束之高阁,因为哪里都找不到替代。

此外,我还梦想迟早会出现"意外大转折"。纵然其实现的可能性微乎其微,但至少做梦的权利在我还是有的。当然这最终并没有实现。

我心里明白,堇这一存在一旦失去,我身上有很多东西便将迷失,恰如若干事物从退潮后的海岸消失不见。剩下来的,仅是扭曲的空幻的世界、幽暗的阴冷的世界、对于我早已无正当意义可言的世界。我与堇之间所发生的那样的事,在那个新世界不至于再发生了吧:这我心中有数。

每个人都有只能在某个特殊年代得到的特殊东西。它好比微弱的火苗,幸运的人小心翼翼地呵护它助长它,使之作为松明燃烧下去。然而一旦失去,火苗便永远无法找回。我失去的不仅仅是堇,连那珍贵的火焰也随她一同失去了。

我想到"那一侧"的世界。那里大概有堇,有失去的那个敏,那个满头黑发、具有旺盛性欲的另一半敏。她们说不定在那里相遇、相助以至相交。“我们要做无论如何也不能诉诸语言的事”——堇想必会这样对我说(但这样一来,她最终还是向我“诉诸语言”了)。

那里果真有我的居所吗?我能够在那里同她们朝夕相处吗?在她们热火朝天地云雨的时间里,我大约要在某个房间的角落阅读巴尔扎克全集或别的什么全集来打发时间,之后同淋浴出来的堇散很长很长的步,说很多很多的话(话的大部分照例由堇承担)。这样的模式能永远维持下去吗?这是正常的吗?“那还用说!”堇想必说道,“用不着一一问吧?你是我唯一的完全朋友嘛!”

但我不知道如何去那个世界。我用手抚摸卫城滑溜溜硬邦邦的岩面,回想印染于此处、被封闭于此处的悠久历史。愿意也罢不愿意也罢,我这个人都已被封闭在这时间性的持续过程中,无法从中脱身。不不,不是的,说到底,是我并不真想从中脱身。

到了明天,我将飞回东京。暑假马上结束,我将重新涉足永无休止的日常。那里有为我准备的场所,有我的房间,有我的桌子,有我的教室,有我的学生,有平静的每一天,有应看的小说,有不时为之的性活动。

尽管如此,我也恐怕再不可能返回过去的自己了,明天有可能成为另一个人。而周围任何人都觉察不出回到日本的我已不同以前，因为外表上没有一丝一毫的改变。然而我身上已有什么化为灰烬，化为零。哪里在流血。有人、有什么从我身上撤离了。低眉垂首，无语无言。门打开，又关闭，灯光熄尽。今天对我是最后一天，今日黄昏是最后的黄昏。天一亮，现在的我便已不在这里，这个躯体将由他人进入。

为什么人们都必须孤独到如此地步呢？我思忖着，为什么非如此孤独不可呢？这个世界上生息的芸芸众生无不在他人身上寻求什么，结果我们却又如此孤立无助，这是为什么？这颗行星莫非是以人们的寂寥为养料来维持其运转的不成？

我仰卧在平坦的岩石上遥望天空，想象现在也理应绕着地球运转不休的众多的人造卫星。地平线仍镶有淡淡的光边，但染成葡萄酒一般深色的天宇上已有几颗星闪出。我从中寻找人造卫星的光闪。但天空毕竟还太亮了，肉眼很难捕捉它们的姿影。肉眼看到的星星无不像被钉子钉住一样在同一位置上一动不动。我闭上眼睛，竖起耳朵，推想将地球引力作为唯一纽带持续划过天空的斯普特尼克后裔们。它们作为孤独的金属块在畅通无阻的宇宙黑暗中偶然相遇、失之交臂、永离永别，无交流的话语，无相期的承诺。

15

星期日下午，电话铃响了。九月新学期开始后的第二个星期日。我正在做推迟了的午饭，但还是一一关上煤气，赶紧拿起听筒。因我猜想可能是敏打来的关于堇消息的电话。铃声的响法总好像有一种紧迫感，至少我是这样感觉的。不料是“女朋友”打来的。

“事情非常重要，”她省去寒暄——这是很少有的——说道，“能马上来一趟？”

听语气，似乎发生了什么不妙的事，说不定是我们的关系被她丈夫发觉了。我静静地深吸一口气。万一同班上学生的母亲睡觉的事给学校知道，不用说，我将处于相当狼狈的境地。最坏的情况有可能被解职，不过这怕也是没办法的事，这点从一开始就已清楚。

“去哪儿？”我问。

“超级市场。”她说。

我乘电车赶去立川,到火车站附近那家超级市场已经两点半了。下午热得就好像盛夏卷土重来一般,我却按她的吩咐,穿白衬衫打领带,外加灰色薄质西服。她说这样看上去像老师,能给对方以良好印象,“因为你有时看上去像学生”。

在门口向一位正在整理购物车的店员问保安室在哪里,对方说保安室不在这里,在隔一条路的另一栋的三楼。原来是一座不很起眼的三层小楼,里边连电梯都没有。混凝土墙壁裂纹纵横,仿佛在木讷地诉说别介意、反正就要整个拆除了。我爬上磨损了的窄楼梯,小声敲了敲挂有保安室标牌的门,一个男子粗重的语声让我进去。推开门,见她和儿子在里面。两人同身穿保安制服的中年男子隔桌相对。别无他人。

房间即使不算宽宽大大,可也决不窄窄巴巴。三张桌子靠窗排开,铁皮文件柜立在对面一侧。旁边那堵墙上贴着执勤表,铁架上摆着三顶保安员帽。最顶头那扇镶有磨砂玻璃的门的对面看样子有间休息室。房间无任何装饰,无花,无画,无挂历,唯独墙上那个圆形挂钟格外醒目。房间空旷得出奇,俨然因某种缘由被时间长河遗弃的古老世界的一隅。香烟和书刊和人的汗漾出仿佛经年累月才融为一体的不可思议的气味。

执勤的保安员身体敦敦实实,年龄五十五六光景,粗胳膊,大脑袋,花白头发密麻麻硬挺挺,用散发出廉价气息的整发水迫使其就范。其眼前的烟灰缸里满是“七星”残骸。我一进门,他立即摘下黑边眼镜,用布擦了擦,又戴回。看来那是他见生人时的习惯性动作。摘下眼镜,那对眼睛犹如从月球拾来的石子一般冰冷冰冷,眼镜戴回后,冰冷没那么冰冷了,而代之以死水潭般的黏稠。总的说来,不是以安慰别人为目的的视线。

房间闷热,窗固然开着,但风丝毫进不来,进来的唯有路上的嘈杂。被红灯拦住的大卡车发出嘶哑的气闸声,令人想起晚年的本·韦伯斯特的高音唱腔。大家都出了不少汗。我走到桌前简单寒暄,递上名片。保安员默默接过,咬着嘴唇盯视良久,盯罢把名片放在桌子上,抬起脸看我的脸。

"蛮年轻的老师嘛,"他说,"工作几年了?"

我做出略加思索的样子:"第三年。"

他"唔"了一声,再没说什么。但那沉默本身就是一种内容复杂的雄辩。他再次把名片拿在手上,重新确认什么似的注视我的名字。

"我姓中村,是保安主任。"他报出姓氏,但没给名片。"那边椅子有多余的,请挑一把搬来。这么热很抱歉。空调嘛,出了故障。星期天人家不上门维修,电风扇也没有乖乖听话的,简直坐以待毙。您怕也够热的,西装请只管脱下好了。事情我想没那么快结束,光看着我都热得够呛。"

我按他说的搬来一把椅子,脱去上衣。衬衫已出汗出得贴在身上。

"不过,我总觉得,老师这工作的确令人羡慕。"说着,保安员嘴角沁出干巴巴的笑意,然而眼镜内侧的眼珠却如物色特定对象的深海食肉动物一般在探我的底。口气诚然客气,但仅限于表面。尤其说到“老师”两个字时,显然透出轻蔑意味。

“暑假一个多月,星期天不用上班,晚上不用值班,又有人送礼,好到天上去了!如今看来,我也在学校玩命用功弄个老师当当该有多妙。可到头来,大概也是命中注定,当了个超市保安员。脑袋不好使嘛。跟我家孩子也说了:长大当老师!毕竟老师顶轻松嘛。”

我的“女朋友”身穿式样简洁的蓝色半袖连衣裙,头发在脑顶齐整整地拢起,两耳戴着小耳环,脚上是高跟白凉鞋,膝部放着白色手袋和奶油色小手帕。从希腊回来还是第一次见她。她一声不吭,用哭得有些发肿的眼睛轮流看我和保安员,从神情上不难看出已挨了好一顿训。

我和她对视了一下,随即看了看她儿子。本名叫仁村晋一,在班上大家都叫他“胡萝卜”。细长脸,瘦瘦的,头发乱蓬蓬地打着漩,看上去真的像胡萝卜。我一般也这么叫他。人很老实,不说多余的话。成绩算是好的,不忘做作业,值班打扫教室不耍滑,不惹是生非。不过上课时极少举手回答问题,也不出风头,不讨人嫌,也没什么人缘。母亲对此颇有些不满,但从教师的角度看,算是蛮不错的孩子了。

“情况从学生母亲那儿听说了吧,电话里。”保安员问我。

“听说了。”我说,“扒窃。”

“正是,”说着,保安员拿起脚下的纸盒,放在桌上,推到我这边来。

盒里有八个仍包着塑料纸的订书器。我拿一个在手上看了看:标价八百五十元。

“订书器八个,”我说,“全部吗?”

“是的,全部。”

我把订书器放回纸盒。“价格一共六千八百元吧?”

“是的,六千八百元。您肯定这样想吧:当然不止是扒窃,而是犯罪行为。可为什么这么小题大作呢,充其量才八个订书器嘛,何况又是小学生。是这样想吧?”

我什么也没表示。

“没关系,即使这么想也情有可原。毕竟较之扒窃八个订书器,更恶劣的犯罪满世界都是。在这里当保安员之前,我也在第一线当了很长时间警察,情况一清二楚。”

保安员直勾勾地看着我的眼睛说道。我也在注意不给他以挑战性印象的前提下正面迎接他的视线。

“若是头一回,店方也不至于因为这个程度的扒窃而一一闹腾没完。我们也是靠客人吃饭的,都想适可而止,不把事情闹大。本来嘛,把他带到这房间来,稍微吓唬吓唬就完了;糟糕的时候也顶多跟家里联系,提醒一下,而不通知学校。对这类事情尽可能息事宁人,这是我们店对待小孩扒窃的基本方针。

“问题是这孩子扒窃不是今天第一次。以前也有,仅我知道的就三次。注意,是三次!而且第一次也好第二次也好,这孩子都死活不肯道出自己的姓名和所在的学校。两次都是我处理的,所以记得很清楚。无论说什么问什么,反正就是不开口。用警察的说法,就是所谓缄默。不道歉,也没反省的样子,很有抵触性,态度非常恶劣。对他说再不告诉姓名就带去找警察也不怕么,他还是默不作声。无奈,这次硬让他出示汽车月票,才弄明白了姓名。"

他停了停,等待事情的细节渗入我的脑中。他仍然定定地注视我的眼睛,我也没将视线移开。

"还有一点,那就是所偷东西的内容不好,不让人怜爱。最初是十五支自动铅笔,金额是九千七百五十元。第二次是圆规八个,金额为八千元。就是说,总是集中偷同一种东西。不是为自己用,或纯属恶作剧,或是为了卖给学校同学。"

我想象午休时胡萝卜向班上学生兜售订书器的场景。事情不可能这么简单。

"难以理解,"我说,"何苦在一个店里那么明目张胆地扒窃呢?接连干上几次,当然要被认出,又引人警惕,逮住时处分也要加重。要想得手换一家商店岂非人之常情?"

"那种事问我也没用,实际上在别的店也可能干来着。若不然就是对我们店情有独钟,或是对我的长相看不顺眼也未可知。我毕竟只是店里一个保安,没法考虑这么多复杂情况,也没拿那份薪水。想了解的话,直接询问本人如何?今天也一样,领来这里都三个小时了,就是不肯开口,只字不吐。乍看样子蛮老实,其实十分了得。所以才劳老师大驾。好好的休息时间给我打扰了,实在抱歉。

“……不过,刚才我就注意到了,您晒得相当可观嘛。倒是跟这件事没有直接关系——暑假您去哪里了?”

“没去什么特殊地方。”我说。

他还是煞有介事地打量我的脸,就好像我是问题的一个重要部分。

我再次拿起订书器细看。随便哪个家庭哪间办公室都备有的极其普通的小订书器——臻于完美境地的廉价事务用品。保安员口叼“七星”,用大大的打火机在顶端点燃,侧过脸吐烟。

我转向孩子那边,温和地问道:“为什么要订书器呢?”

一直在看地板的胡萝卜静静地抬起脸看我,但什么也没说。这时我才发觉他的神色与平时截然不同,表情奇怪地消失了,眼睛的焦点也对不上,视线没有纵深感。

“不会是受谁威胁才干的?”

胡萝卜仍不回答,连是否理解我的意思都无从判断。我只好作罢。现在在这里怎么问恐怕都一无所获。他已关上门,窗也封了。

“那,怎么办呢,老师?”保安员问我,“我的工作是在店内巡视、用监控摄影机监视、发现现行扒窃分子带到这房间来,这份薪水我拿了。至于往下怎么办是另一个问题。尤其对象若是小孩子,就更伤脑筋。您看如何是好呢,老师?这方面当老师的更清楚吧?或者干脆把事情端到警察那里去?那一来作为我可就省事了,大可不必这么往棉花堆打拳头,白白搭上半天时间。”

说实在话，此刻我脑袋正另有所思。超市这大煞风景的保安室不容我不想起那个希腊小岛上的警察，接下去又不能不想堇，想她的失踪。

所以竟好一会没弄懂保安员想要对我说什么。

“跟他父亲也说了，得好好教育孩子，跟他讲明白扒窃是一种犯罪，再不会给您添麻烦了。”她用缺乏起伏的声调说。

“因此不希望弄得满城风雨——刚才就听好多遍了。”保安主任甚为不耐烦地说。他在烟缸里磕落烟灰，然后重新转向我说：“不过依我看，同样的事情干三次无论如何也是太多了，有必要在哪里刹住。老师您对此有何高见呢？”

我深吸一口气，将思绪拉回现实：八个订书器，九月一个星期日午后。

我说：“在同孩子谈话之前，什么都不好说。这孩子以前从未招惹是非，脑袋也不笨。至于他为什么如此无谓地扒窃，现在还无法判断。往下花时间找他好好谈谈。谈的过程中我想肯定可以发现起因或线索。给您添麻烦了，实在非常抱歉。”

“我说，我是不好理解，”对方在镜片后眯起眼睛，“这孩子——仁村晋一——是您教的学生吧？就是说天天都在教室见面吧？是这样的吧？”

“是的。”

“四年级了,在您班上待一年四个月了,不错吧?”

“不错。从三年级教上来的。”

“班上一共多少学生?”

“三十五人。”

“那么,是很可以照料到的喽。可是,完全没有料到这孩子会捅出娄子,连迹象都没觉察到,是吧?”

“是的。”

“可是慢着,这小子可是半年时间里就扒窃了三次哟!而且总是单独干。不是有人逼他非干不可,不是出于需要,不是一时心血来潮,不是为了钱——听他母亲说零花钱绰绰有余。那么就是说是主观故意犯罪,为了偷而偷。也就是说,这孩子显然是有‘问题’的。对吧?而这东西多少总会有一点迹象吧?”

“从教师角度来说,习惯性扒窃这一行为,尤其在孩子的情况下,较之犯罪性,很多时候更来自精神上的微妙扭曲。当然,假如我再细心些观察,有的情况也许就看出来了,这点我表示反省。问题是,这种扭曲表面上是十分难以推测的,或者说并非将行为本身作为行为单独提出来而给予相应惩罚就能马上解决的,必须找出根本原因加以纠正,否则事后还会以不同形式表现出来。儿童采取扒窃这一形式发送某种信息的情况并不少见。即使效率不高,也只能慢慢面谈来解决。”

保安员掐掉烟,半张开嘴,像观察什么珍稀动物似的久久盯视我的脸。他放在桌面上的手指甚是粗大,俨然长有黑毛的十个肥胖的活物,看得我有些透不过气。

“您刚才讲的,就是人们在上大学教育学之类时所听到的?”

“不尽然。因是心理学常识,哪本书上都有。”

“哪本书上都有。”他面无表情地重复我的话,然后拿起毛巾擦粗脖子上的汗。

“这精神上的微妙扭曲,到底是什么呢,这?我说老师,作为警察我可是从早到晚都跟**不是微妙地**扭曲之人打交道来着。世上这样的人横躺竖卧,拿扫帚扫都扫不过来。若是花长时间细细听这些人的话,认真琢磨话里到底有什么信息,我身上就算有一打脑浆也怕不够用。”

他喟叹一声,把装有订书器的盒子又放回桌下。

“大家嘴上说的都合情合理:孩子的心灵是纯洁的,不能体罚,人们都是平等的,不能以分数取人,要慢慢商量解决。这倒也未尝不可。问题是世道会因此多少变好吗?甭想,莫不如说在变坏。我说,人恐怕并不都是平等的吧?这话听都没听过。跟您说,这狭小的日本可是有一亿一千万人挤在一起,要是大家全都平等试试看,简直地狱!

“漂亮话说起来容易。闭上眼睛装没看见,把问题往后一推即可。风平浪静地让孩子唱着萤火虫之歌毕业就算万事大吉。扒窃是孩子的心灵信息,别的与我无关,这当然快活自在。谁给揩屁股呢?我们!您以为我们天生欢喜干这个不成?您那神情像是在说充其量六千八百元罢了,可你从被偷者的角度想想。这里干活的有一百多人,为了一两元差价,每个人都像乌眼鸡似的。收款机的现金统计若有一百元对不上账,就得加班弄个水落石出。您晓得这超市打收款机的阿姨一小时挣多少钱？为什么就不能把这个讲给学生听?"

我默然,她默然,小孩也默然。保安主任也到底像是说累了,蜷缩在沉默之中。别的房间里电话短促地响了一声,有人接起。

"那么,怎么办才好呢?"

我说:"用绳子把他倒吊在天花板上,直到他说出对不起——这样可以么?"

"那怕也不坏吧。不过您也知道,果真那么干,我也好您也好,饭碗就都砸了。"

"既然如此,那就只能花时间耐住性子同他谈。这是我的最终意见。"

别的部门有人门也没敲就闯进房间,说道:"中村君,借仓库钥匙用一下。""中村君"在抽屉里找了半天,没找到钥匙。"没有。"他说,"奇怪啊,一直在这里来着。"对方说事情重要,无论如何马上要用钥匙。从两人的口气听来,那钥匙非同儿戏,本该在那里才是。桌子几个抽屉都翻个底朝上,还是没有找到。

这时间里我们三人一片沉默。她不时以若有所语的眼神觑我一眼。胡萝卜依旧面无表情地目视地板。我不着边际地胡思乱想。热得要命。

讨钥匙的人只好作罢,嘟嘟囔囔地走了出去。

“可以了。”中村保安主任转过身,以平板板的事务性语调说道,“辛苦了,这就完事了。往下完全委托给老师和母亲了。不过有一点:倘若同一件事再发生一次,记住,那时可就真麻烦了。这点能理解吧?我也不愿意找麻烦的,但工作毕竟是工作。”

她点头。我也点头。胡萝卜置若罔闻。我欠身站起。两人也有气无力地站起。

“最后一句,”保安员坐着向上看我,“这么说我也认为不够礼貌,恕我冒昧——一见面就觉得您好像有什么心事。年纪轻轻,高高大大,风度翩翩,晒得漂漂亮亮,思路井井有条,说话头头是道,学生家长方面也肯定喜欢。不过嘛——倒说不好——从看第一眼就有什么让我纳闷儿,让我琢磨不透。倒不是我个人同您有什么,所以您别生气。只是一种感觉罢了,心想到底有什么不释然的呢。”

“作为我个人有一点想问,不介意吗?”

“请请,都无所谓。”

“假如人与人之间不平等,您将处于什么位置呢?”

中村保安主任狠狠地往肺里吸了口烟,摇摇头,就好像把什么强加给谁似的慢慢花时间吐出。“不知道。不过别担心,至少不会和您处于同一位置。”

她把红色丰田 Celica 停在了超市停车场。我把她叫到离开孩子些的地方,叫她先一个人回去,自己同孩子单独谈谈,再送他回家。她点点头,想要说什么,但最终没有说出口,一个人钻进车,从手袋里取出太阳镜,发动引擎。

她离去后,我把胡萝卜领进眼前一家明亮的饮食店。在空调环境中舒了口气,为自己点了冰红茶,为孩子要来冰淇淋。我解开领扣,扯下领带揣进衣袋。胡萝卜依然陷在沉默中,表情和眼神也同在超市保安室时没什么两样,看样子仍未从长时间的恍惚状态中挣脱出来。指头细细的小手整齐地放在膝头,扭脸看着地板。我喝着冰红茶,胡萝卜根本没碰冰淇淋。冰淇淋很快溶化在碟子里,但胡萝卜似乎没注意到。我们相对而坐,像关系欠佳的夫妻一般久久沉默不语。女侍每次有事来我们桌前时都现出紧张的神情。

“事情很多很多。”我终于道出一句。也不是想开始说什么,是从心中自然冒出来的。

胡萝卜缓缓抬头转向我,但还是一言不发。我合目叹息一声,又沉默良久。

“还跟谁都没说起,暑假我去了希腊一段时间。”我说,“希腊在哪里知道吧?上社会课时看过录像带的。在南欧,地中海。岛屿多,出橄榄。公元前五〇〇年左右古代文明很发达。雅典产生民主主义,苏格拉底服毒死了。去那里来着,一个非常美丽的地方。但不是去玩的,朋友在希腊一个小岛下落不明,前去寻找。遗憾的是没有找到。悄然消失了,像烟一样。”

胡萝卜两唇约略张开,看着我的脸。表情虽还僵硬,但眼睛多少像有光亮返回。我的话他显然听了进去。

“我喜欢那个朋友,非常喜欢,比任何人比什么都宝贵,所以坐飞机去希腊那个岛上寻找。但没有用,怎么都找不到。这样,那个朋友没了以后,我就再没有朋友了,一个也没有。”

我不是对胡萝卜说,只是对自己说,只是出声地思考。

“知道我现在最想做什么吗?想登上金字塔那么高的地方,越高越好,四周越开阔越好。站在那顶尖上,环视世界,看有怎样的景致,看到底有什么从那里失去了。想以自己的眼睛看个究竟。不不,说不明白。或许实际上并不想看,什么都不想看。”

女侍走来,从胡萝卜面前撤下冰淇淋早已溶化的碟子,把账单放在我面前。

“从小我就是独自一人生活过来的,好像。家里有父母有姐姐,但谁都喜欢不来,跟家里哪个人都沟通不了。所以猜想自己是不是领来的,是不是因为什么从哪个远亲那里领来的孩子,或者从孤儿院领养的。如今想来,那怕是不可能的。因为无论怎么看父母都不是领养举目无亲的孤儿那一类型的人。总而言之,就是很难认为自己同家人有血缘关系。相比之下,认为他们全是不相干的外人心里倒好受一些。

“我想象远处有个小镇,小镇上有一户人家,那户人家里有我真正的家人。房子不大,很朴素,但令人心里舒坦。在那里我可以同大家自然而然地心心相印,可以将所思所感毫无保留地说出口来。一到傍晚厨房就传来母亲做饭的动静,飘来暖融融香喷喷的饭味。那是本来的我应该在的地方。我总在脑海中描绘那个地方,让自己融入其中。”

“现实中的我家有一条狗。家里边只有这条狗我顶顶喜欢。虽是杂种,但脑袋好使得很,无论什么,教过一次就再也不忘。天天领出去散步,一块儿上公园,坐在长椅上说这说那。我们可以息息相通。对儿童时代的我来说那是最快乐的时光。不料在我小学五年级时狗被卡车撞死了。那以后再没养成狗,家人说狗又吵又脏又麻烦。

“狗死了以后,我开始一个人闷在房间里一个劲儿看书。觉得书中的世界比周围世界生动有趣得多。书里有我从没看到过的风景。书和音乐成了我最宝贵的朋友。学校里也有几个要好的朋友,但没碰上能说知心话的。每天见面只是适当聊几句,一起踢足球罢了。遇到困难也不跟任何人商量,独自思考,得出结论独自行动。不过也不怎么觉得寂寞,认为那是理所当然的,认为人这东西归根结蒂只能一个人活下去。”

“但是,上大学后我碰上了那个朋友,那以后想法开始多少有所不同了。我也明白过来,总是长期一个人考虑事物,归根结蒂产生的只是一个人的想法,总是只身独处有时候也还是非常寂寞的。

“只身独处,心情就像是在下雨的傍晚站在一条大河的河口久久观望河水滔滔流入大海。你可曾在下雨的傍晚站在大河的河口观望过河水滔滔入海?”

胡萝卜没有回答。

“我是有过。”

胡萝卜整个睁开眼睛,看我的脸。

“我也不大明白观望很多河水同很多海水搅和在一起为什么会那么寂寞,但的确是那样。你也看一次好了。”

说罢,我拿起外衣和账单,慢慢站起,手往胡萝卜肩上一放,他也站了起来。我们走出店门。

从那里到他家,走路要三十分钟。并肩走路的时间里,我和胡萝卜都没开口。

他家附近有条小河,河上有座混凝土桥。河没多大意思,很难称之为河,也就是排水沟约略放大一点而已,这一带还是沃野平畴的时候大概作为农业用水使用来着。如今水已浑浊,一股轻微的洗衣粉味儿,甚至是否流淌都看不明白。河床里长满夏日杂草,丢弃的漫画杂志就那样打开在那里。胡萝卜在桥正中停住,从栏杆探出上身朝下看。我也站在他旁边同样往下看。好半天我们就这样一动不动。想必不乐意回家。心情可以理解。

胡萝卜把手伸进裤袋，掏出一把钥匙，朝我递来。常见式样的钥匙，带一个大大的红塑料牌，牌上写着“仓库3”。看样子是中村保安主任找的那把仓库钥匙。估计是胡萝卜因为什么原因单独剩在房间里时从抽屉中找出并迅速揣进口袋的。看来这孩子心间仍存在着我想象不到的谜一样的领域。不可思议的孩子。

我接过托在手心，感到这钥匙似乎沉甸甸地沁有、沾有许许多多的人际纠葛。在太阳耀眼的光芒下，它显得甚是寒伧、污秽、猥琐。我略一迟疑，毅然把钥匙投下河去。小小的水花溅了起来。河虽说不深，但由于浑浊，不知钥匙去了哪里。我和胡萝卜并立桥上，久久俯视那块河面。处理了钥匙，心情多少松弛下来。

“到这时候就不便再还回去了。”我自言自语似的说，“再说肯定哪里还会有另配的钥匙的，毕竟是仓库重地。”

我伸出手，胡萝卜轻轻攥住。他细细小小的手的感触就在我手心里。那是一种很久很久以前在哪里——哪里呢？——体验过的感触。我就势握住小手，往他家走去。

到了他家，她正等着我们，已经换上了白色无袖衫和百褶裙，眼睛又红又肿。回到家后大概一直一个人哭来着。她丈夫在东京都内经营不动产公司，星期天不是工作就是打高尔夫，极少在家。她把胡萝卜打发去二楼自己的房间，没让我进客厅，而把我领去厨房的餐桌。大概因为这里容易说话，我想。鳄梨绿大电冰箱，爱尔兰橱柜，朝东大玻璃窗。

“脸色好像比刚才正常一点了。”她低声对我说，“在那个保安员房间第一眼看那孩子，真不知怎么才好。那样的眼神还是第一次看到，简直像去了另一个世界似的。”

“别担心，过一段时间自然恢复。所以暂时什么都不要说，放一放为好，我想。”

“那以后你们两人做什么来着？”

“说话了。”我说。

“都说些什么？”

“没说什么像样的。或者说只我一个随便说来着，都是无关紧要的。”

“不喝点什么冷饮？”

我摇摇头。

“有时候我真不晓得到底该跟那孩子说什么，这种感觉好像越来越强烈。”她说。

“也用不着勉强。孩子自有孩子的天地，想说的时候会主动找你说的。”

“可那孩子几乎什么都不说。”

我们注意不让身体接触，隔着餐桌面对面坐着，不冷不热地说一些话，就像一般情况下教师和学生母亲就有问题的孩子交谈时那样。她一边说，一边在桌面上神经质地摆弄手指，时而聚拢时而伸开时而握紧。我不能不想起那手指在床上为我所做的一切。

“这件事就不再向学校报告了,由我来跟他好好谈谈,有什么问题解决什么问题,所以你不必想得太严重。那孩子聪明又懂事,只要有一定的时间,一切都会各得其所。这种情况是过渡性的,关键是你要镇静下来。”为了使自己的意思渗入对方的头脑,我说得很慢很温和,同样的话又重复了一遍。看样子她多少放下心来。

她说要开车送我回国立宿舍。

“莫不是那孩子感觉到了什么?”等信号灯的时间里,她问我。当然是指我同她之间的事。

我摇摇头。“何以见得?”

“刚才一个人在家等你们回来时突然那么觉得的。也没什么根据,一种感觉罢了。一来孩子天生敏感,二来怕也理所当然地觉察出我同丈夫不大融洽。”

我默然。她也再没说什么。

她把车停在距我宿舍隔两条路的停车场,拉下手动刹车,转动钥匙关掉引擎。引擎声消失、空调声也消失后,令人不舒服的静寂降临到车内。我知道她希望我马上抱她,想到她衬衫下那滑润的身体,我口中一阵发干。

“我想我们最好别再见面了。”我一咬牙说道。

对此她什么也没说,双手兀自搭在方向盘上,目不转睛地盯着油压表,表情从脸上消失殆尽。

“考虑很久了。”我说,“可我还是不能成为问题的一部分,即便为了很多人。既是问题的一部分又是对策的一部分是不可能的。”

“**很多人**?”

“特别是为了你儿子。”

“同时也为了你?”

“那也是的,当然。”

“我呢?我可包括在**很多人**里边?”

我想说“包括”,但未能顺利出口。她摘下深绿色雷鹏太阳镜,又转念戴回。

“跟你说,我本不想轻易说出口来——见不到你,对我是相当痛苦的。”

“对我当然也痛苦,若是能长此以往就好了。但这不是正确的事。”

她大大地吸一口气,吐出。

“正确的事,到底是什么事?能告诉我?老实说,我可是不太明白什么算是正确的事,不正确的是什么事倒还明白。**正确的事**是什么事?”

对此我也回答不好。

看样子她就要哭出来了,或大声喊叫,但总算在此止步,只是两手紧紧抓在方向盘上。手背有些发红。

“还年轻的时候,很多人都主动跟我说话,给我讲种种样样的事情,愉快的、美好的、神秘的。可是过了某一时间分界点之后,再也没人跟我说话了,一个也没有。丈夫也好孩子也好朋友也好……统统,就好像世上再也没什么好说的了。有时觉得是不是自己的身体都透亮了,能整个看到另一侧了。”

她把手从方向盘上拿开,举在眼前。

“不过跟你说这些也没用,你肯定不明白的。”

我开始搜肠刮肚,但找不出话语。

“今天的事实在谢谢了。”她改变想法似的说道。此时她的语音已差不多恢复了平日的镇定。“今天的事,我一个人怕是处理不来的,因为心里相当不好受。幸亏有你赶来,非常感谢。我想你肯定能成为一个十分出色的老师,现在都差不多的了。”

我琢磨她话里含不含有挖苦意味,想必是含有的。

“现在还差得远。”我说。

她略略现出笑意。我们的交谈就此结束。

我打开助手席的车门下车。夏日星期天的下午,天光明显淡了下来。我有些胸闷,一接触地面,脚底感触竟很奇妙。Celica 发动了引擎,她从我个人生活的疆域里撤离了,永远永远,大概。她放下车窗轻轻招手,我也举起手。

回到宿舍，我把被汗水弄脏的衬衫和内衣投进洗衣机，淋浴，洗头，去厨房把没做完的午饭做完，独自吃了。之后缩进沙发，想继续看已看开头的书，但五页都没能看下去，只好作罢，合上书想了一会儿堇，又想投下脏水河的仓库钥匙，想紧紧抓在 Celica 方向盘上的“女朋友”的那双手。一天好歹过去了，剩下来的是未经梳理的思绪。淋浴冲了那么长时间，可我的身上仍有烟味儿纠缠不去，而且手上竟落下了一种就好像拼命撕裂有生命物体的活生生的感触。

我做了一件正确的事吗？

我不能认为自己做的是正确的事，我只是做了对我本身需要做的事。这里边有很大差异。“很多人？”她问我。“我可包括在很多人里边？”

说实话，那时我所考虑的，不是**很多人**，仅仅堇一个人。那里存在的，不是他们，也不是我们，只是不在的堇。

16

在希腊小岛港口分别以来，敏还一次都没跟我联系过，这很有些异常，因为她保证说情况明了也好不明了也好，都一定就堇的事同我联系。不能认为她已把我这一存在忘得一干二净，而且她也不是一时随便敷衍那类性格的人，想必是由于什么缘故而没找到同我联系的手段。我打算主动打电话过去，可是仔细一想，我连她的姓名都不知道，公司名和事务所地点也不晓得。堇根本没给我留下具体联系方法。

堇的房间电话一段时间里仍是那个录音电话上的口信，不久就接不上了。我考虑是不是该往堇父母家打个电话，却又不知道电话号码。当然若弄到横滨市行业分类电话号码簿，找到她父亲的牙科医院，应该可以联系上，但我又没心思如此操办。去图书馆查阅了八月份的报纸，社会版以很小的篇幅登载了几次关于堇的报道：说希腊一座小岛上一个二十二岁的日本女游客下落不明，当地警察进行搜索，但一无所获，现在也一无所获。如此而已。我不知道的什么也没写。海外旅行当中下落不明者不在少数,她不过其中一个罢了。

我不再跟踪消息报道。无论她失踪的原因是什么,也不管后来搜索进展如何,有一点是清楚的:如果堇回来了,敏无论怎样都会跟我联系的。对我来说这点至为重要。

九月终了,秋天倏忽过去,冬日来临。十一月七日是堇第二十三个生日,十二月九日是我第二十五个生日。辞旧迎新,学年结束了。胡萝卜那以后没闹出什么问题,升入了五年级,转去新班。我没再同他谈起扒窃事件,因为我觉得从他的表现看大概已无此必要。

由于换了班级,我同“女朋友”见面的机会也没有了。无论对我还是对她,我想这都是值得庆幸的事,毕竟一切都已成为过去。但我还是有时想起她肌肤的温煦,好几次差点儿打电话过去。那种时候使我悬崖勒马的,是那个夏日午后留在我手心的那把超市仓库钥匙的触感,是胡萝卜小手的触感。

我不时在什么东西的触动下想到胡萝卜。不可思议的孩子——每次在学校相遇我都这样想,不容我不这样想。那细长而乖顺的脸庞后面到底伏藏着怎样的想法呢?我无法准确推导。但无疑他脑袋里有很多念头缠来绕去,而且一旦有必要便迅速而稳妥地采取行动的实战能力,这孩子身上也是有的,那里边甚至能使人感到某种深思熟虑。那天午后在饮食店直截了当地向他说出自己的心事应该是做对了,无论对他,还是对我。比较说来,更是对我。他——想来也是怪事——当时理解了我、接受了我,甚至饶恕了我,在一定程度上。

我思忖,胡萝卜那样的孩子今后将度过怎样的日日夜夜(仿佛永远持续下去的成长期)而长大成人呢?想必是件痛苦的事,想必痛苦的事要比不痛苦的事多得多。我可以从自身体验预测那痛苦的大概。他将爱上一个人吧?也会有人顺利接受他的爱吧?当然,现在我在这里再想也没用。小学毕业出来,他将走向同我不相干的更广阔的天地,而我仍将怀抱着我自身应考虑的问题。

我去唱片店买来伊丽莎白·施瓦茨科普芙唱的《莫扎特歌曲集》,听了好几遍。我爱其中美丽的静谧。一闭上眼睛,音乐便把我领去那个希腊小岛的夜晚。

堇留给我的,除了若干历历如昨的回忆(当然包括搬家那个傍晚我所体验的汹涌澎湃的性欲),也就只有几封长信,以及一张软盘。我一次又一次读这些文章,甚至可以默诵下来。而且只有在重读它们的时间里,我才能够与堇共度时光,心灵同她息息相通,我的心因之受到无比温存的抚慰,就像从夜幕下驶过无边荒野的列车窗口望见远处农舍的小小灯火。灯火一瞬之间便被身后的黑暗吞噬了,但合上眼睛,那光点仍在我的视网膜上淡淡停留,停留了好一会儿。

夜半醒来,我下床(反正睡不着)沉进单人沙发,一边听施瓦茨科普芙,一边回忆那座希腊小岛,如静静翻开书页那样回想那一幕幕场景。美丽的无人沙滩,港口的露天咖啡馆,男侍后背的汗渍。我在脑海中推出敏端庄的侧脸,再现从阳台上望见的地中海的粼粼碧波。广场上持续伫立的可怜的穿刺英雄。子夜从山顶传来的希腊音乐。我真切地记起那里魔术般的月光,记起音乐的奇异回响,记起被那遥远音乐唤醒时涌起的天涯沦落之感,记起那仿佛某种尖刺刺的东西悄悄地久久地刺穿麻木身体般的捉摸不定的午夜痛楚。

我在沙发里闭目片刻,睁开,静静吸气,吐出。我想思考什么,又不想思考什么,而两者之间其实并无多大差别。我无法在事物与事物之间、存在物与不存在物之间找出一目了然的差异。我眼望窗外,直到天空泛白,云絮流移,鸟鸣时闻,新的一天起身归拢这颗行星的居民们的思维残片。

在东京街头我看到过一次——仅一次——敏。那是堇消失大半年后的三月中旬一个乍暖还寒的星期日。天空阴云密布,沉沉低垂,眼看就要下雨的样子。人们从早上便准备好了雨伞。我有事去中心区一个亲戚家,途中在广尾明治屋十字路口附近发现了行驶在拥挤路面上的深蓝色"美洲虎"。我乘出租车,"美洲虎"沿左侧直行车线行进。我所以注意到这辆车,是因为开车的是一头漂亮白发的女性。一尘不染的车身的深蓝与她的白发,即使远看也形成鲜明对比。因我见过的只是黑发的她,将印象重合在一起多少花了点时间,但那毫无疑问是敏。

她同以前一样妩媚动人，一样清秀脱俗。头发那令人屏息敛气的白，漾出一种使人不敢轻易接近的、堪称神话的凛然氛围。

但车里的女性并非在希腊小岛港口向我招手的女性。虽然不过时隔半年，但她已判若两人。当然头发颜色不同这点也是有的，但不仅仅如此。

简直是蝉壳——这是我对她的最初印象。敏的形象使我想起人们全部撤离后的空屋。某种至关重要的（如龙卷风一般摧枯拉朽地吸引堇、并拨动渡轮甲板上的我的心弦的）东西已离开她身上一去不复返了。其中剩下来的最重要的意义不是存在，而是**不在**。不是生命的温煦，而是记忆的静谧。头发的纯白使我联想到无可避免地经受岁月漂白的人骨的颜色，以致好半天我都无法顺利吐出深深吸入的气。

敏驾驶的"美洲虎"时前时后地在我乘坐的出租车旁边行驶。她没发觉我就在近旁盯视自己，我也未能打招呼。不知说什么好，"美洲虎"车窗关得严严实实，何况敏正双手握着方向盘，笔直地挺起身子全神贯注目视远处。大概在深思什么，也可能在谛听车内音响装置淌出的《赋格技法》。她自始至终保持雪一般冷峻的神情，眼睛都几乎不眨。俄顷，信号变绿，深蓝色的"美洲虎"朝青山方向直行，我坐的出租车留下等候右拐。

现在我们也都还各自活着，我想。无论失掉的多么致命，无论手中被夺去的多么宝贵，也无论完全变成另一个人而仅仅剩下一层表皮，我们都能这样默默无闻地打发人生，都能伸手拽过额定的时间将其送往身后——作为日常性的重复作业有时还会做得十分快捷。如此想着，我心里仿佛现出一个巨大的空洞。

想必她虽已回到日本却怎么也同我联系不上。相比之下，她希求的恐怕更是保持缄默、怀抱记忆，就那样被某处无名的荒郊僻野吞噬进去。我是这样推想的。我不想责备敏，当然更谈不上怨恨。

这时蓦然浮上心头的，是韩国北部一座山间小镇上矗立的敏父亲的铜像。我想象镇上的小广场、一排排低矮的民舍、落满灰尘的铜像。那地方常刮强风，所有的树木都弯曲得近乎虚拟物。不知何故，那铜像在我心中同手握“美洲虎”方向盘的敏的身姿合而为一。

我想，所有事物恐怕从一开始便在远处某个场所悄然失却，至少作为合而为一的形象而拥有其应该失却的安静场所。我们的生存过程，无非像捯细线那样一个个发现其交合点而已。我闭目合眼，竭力回忆——多回忆一个也好——那里的美好事物，将其留在自己手中，纵使其仅有稍纵即逝的生命。

做梦。我不时觉得做梦是一项正确的行为。做梦，在梦境中生活，如堇写的那样。然而梦都不长，觉醒很快把我抓回。

夜半三时我睁眼醒来，开灯，欠身，看枕边的电话机，想象在电话亭里点罢一支烟按动我电话号码的堇的姿影：头发乱蓬蓬的，身上的男式人字呢夹克松垮垮的，脚上的袜子左右不一样。她皱起眉头，不时呛一口烟，花些时间才能最后按对号码。但她脑袋里装满必须跟我说的话，说到早上怕也说不完，比如象征与符号的区别。电话机似乎即刻要鸣响，但不曾鸣响。我久久躺着看那保持沉默的电话机。

但有一次电话铃响起来了，当真在我眼前响起，震动了现实世界的空气。我马上拿起听筒。

“喂喂。”

“嗳，我回来了。”堇说，声音十分冷静，十分清晰。“这个那个费了不少周折，但总算回来了。如果把荷马的《奥德赛》弄成五十字缩写版，就是我这样子。”

“那就好。”我说。一下子我还很难信以为真。她的声音果真传来了？传来的果真是她的声音？

“**那就好**？”堇（大概）皱起眉头问，“这算什么呀？我拼死拼活千辛万苦乘这个转那个———说起来说不完——好不容易回来了，结果只换来你这么一句？眼泪都要出来了。若是不好的话，我可到底怎么办？‘那就好’，难以置信，实在难以置信。那些情暖人心妙趣横生的台词全都留给你班上刚刚弄明白鸡兔同笼算法的毛孩子了不成？”

“现在在哪儿？”

“我现在**在哪儿**？你想我在哪儿？在令人怀念的古典式电话亭里

呢！在到处贴满冒牌金融公司和IC卡俱乐部小广告的不伦不类的四方形电话亭里。天空挂着颜色像在发霉的弯月、一地烟头。怎么转圈也找不到让人欣慰的物体。可以交换的符号式电话亭。对了，地点是哪里呢？现在搞不明白。一切都太符号化了。再说你怕也知道，地点最让我伤脑筋，口头表达不清楚，所以总给出租车司机训斥：你到底想去哪里啊？不过我想不远，估计相当近，我想。”

“这就去接。”

“肯那样我太高兴了。查看好地点再打电话过去。反正现在零钱也不够了，等着啊。”

“非常想见你。”我说。

“我也非常想见你。”她说，“见不到你以后我算彻底明白过来了，就像行星们乖觉地排成一列那样明明白白——我的的确确需要你，你是我自己，我是你本身！告诉你，我在一个地方——莫名其妙的地方——割开什么的喉咙来着，磨快菜刀，以铁石心肠。像修建中国城门时那样，象征性地。我说的你可理解？”

“我想我理解。”

“来这儿接我！”

电话突然挂断。我手握听筒盯视良久，就像听筒这物件本身即是重要信息，其颜色和形状含有某种特殊意味。之后转念把听筒放回。我在床上坐起，等待电话铃再次响起。我背靠着墙，视线聚焦在眼前空间的某一点,反复进行缓慢的无声的呼吸,不断确认时间与时间的接合点。电话铃执意不响。没有承诺的沉默无休无止地涌满空间。但我不急,无急的必要。我已准备就绪,可以奔赴任何地点。

是吗?

是的。

我翻身下床,拉开晒旧的窗帘,推窗,伸出脑袋仰望依然暗沉沉的天空。那里的确悬浮着颜色像在发霉的弯月。足矣。我们在看同一世界的同一月亮。我们确实以一条线同现实相连,我只消将其悄然拉近即可。

之后,我展开十指,定睛注视左右手心。我在上面寻找血迹。但没有血迹。无血腥,无紧绷感。血大概已经静静渗入到什么地方去了。

村上春树年谱

1949年

1月12日出生于日本关西京都市伏见区，为国语教师村上千秋、村上美幸夫妇的长子。出生不久，家迁至兵库县西宫市夙川。

1955年　6岁

入西宫市立香栌园小学就读。

1961年　12岁

入芦屋市立精道初级中学就读。

1964年　15岁

入兵库县神户高级中学就读。

1968年　19岁

到东京，入早稻田大学第一文学部戏剧专业就读。

1971 年　22 岁

以学生身份与夫人阳子结婚。

1974 年　25 岁

开办爵士乐酒吧。

1975 年　26 岁

大学毕业。毕业论文题目是《美国电影中的旅行思想》。

1979 年　30 岁

长篇小说《且听风吟》出版，获第 23 届群像新人奖。

1980 年　31 岁

长篇小说《1973 年的弹子球》出版。

1981 年　32 岁

转让酒吧，专业从事创作。移居千叶县船桥市。与村上龙的对谈集《慢慢走，别跑》出版。

1982 年　33 岁

长篇小说《寻羊冒险记》出版，获野间文艺新人奖。

1983 年　34 岁

曾赴希腊旅行。短篇集《去中国的小船》、《遇到百分之百的女孩》、插图短篇集《象厂喜剧》出版。

1984 年　35 岁

曾赴美国旅行。短篇集《萤》、随笔集《村上朝日堂》出版。

1985 年　36 岁

长篇小说《世界尽头与冷酷仙境》、短篇集《旋转木马鏖战记》、插图童话《羊男的圣诞节》、与川本三郎合作的评论集《电影冒险记》出版。《世界尽头与冷酷仙境》获第 21 届谷崎润一郎奖。

1986 年　37 岁

移居神奈川县大矶町,赴意大利、希腊旅行。短篇集《再袭面包店》、随笔集《村上朝日堂的卷土重来》、插图随笔集《朗格汉岛的午后》出版。

1987 年　38 岁

从希腊回国。随笔集《日出国的工厂》、长篇小说《挪威的森林》出版。

1988年　39岁

曾赴伦敦、意大利、希腊、土耳其旅行。长篇小说《舞！舞！舞！》出版。

1989年　40岁

曾赴希腊、德国、奥地利旅行，回国后赴纽约。随笔集《村上朝日堂　嗨嗬！》、《小而有用的事》出版。

1990年　41岁

回国。短篇集《电视人》、八卷本《村上春树作品集，1979—1989》、旅行记《远方的鼓声》、《雨天炎天》出版。

1991年　42岁

赴美国新泽西州普林斯顿大学任客座研究员。

1992年　43岁

长篇小说《国境以南　太阳以西》出版。

1993年　44岁

赴美国马萨诸塞州剑桥城塔夫茨大学任职。

1994 年　45 岁

曾赴中国、蒙古旅行。随笔集《终究悲哀的外国语》、长篇小说《奇鸟行状录》第一、二部出版。

1995 年　46 岁

从美国回国。《奇鸟行状录》第三部出版。

1996 年　47 岁

在东京采访地铁沙林毒气事件受害者。随笔集《村上朝日堂日记・漩涡猫的找法》、短篇集《列克星敦的幽灵》、对谈集《去见村上春树・河合隼雄》出版。《奇鸟行状录》获第 47 届读卖文学奖。

1997 年　48 岁

东京地铁沙林毒气事件受害者采访集《地下》、随笔集《村上朝日堂是如何锻造的》、文学评论集《为了年轻读者的短篇小说导读》、插图传记集《爵士乐群英谱》出版。

1998 年　49 岁

旅行记《边境・近境》、漫画集《毛绒绒软蓬蓬》、《地下》的续篇《约定的场所》出版。《约定的场所》获 1999 年度桑原武夫奖。

1999 年　50 岁

曾赴北欧旅行。长篇小说《斯普特尼克恋人》出版。

2000 年　51 岁

短篇集《神的孩子全跳舞》出版。

2001 年　52 岁

插图传记集《爵士乐群英谱 2》、随笔集《村上广播》、插图随笔集《轻飘飘》出版。

2002 年　53 岁

长篇小说《海边的卡夫卡》、插图旅行记《如果我们的语言是威士忌》出版。

2003 年　54 岁

E-mail 通讯集《少年卡夫卡》出版。

2004 年　55 岁

长篇小说《天黑以后》出版。

2005 年　56 岁

插图小说《奇怪的图书馆》、随笔集《没有意义就没有摇摆》

出版。

2006 年　57 岁

短篇集《东京奇谭集》出版。

2007 年　58 岁

获 2006 年度朝日奖。随笔集《谈跑步时我说的东西》、插图小说集《村上曲》出版。

2008 年　59 岁

获普林斯顿大学名誉博士称号。

2009 年　60 岁

长篇小说《1Q84》第一、二部出版。

2010 年　61 岁

长篇小说《1Q84》第三部出版。

2011 年　62 岁

《村上春树杂文集》出版。

2012 年　63 岁

与小泽征尔合著的《谈小泽征尔与音乐》获第 11 届小林秀雄奖。

2013 年　64 岁

长篇小说《没有色彩的多崎作和他的巡礼年》出版。

2014 年　65 岁

短篇集《没有女人的男人们》出版。

2017 年　68 岁

长篇小说《刺杀骑士团长》出版。